DONNEZ-NOUS LE NOM DE CE QUE NOUS PORTONS

DE LA MÊME AUTRICE :

La colline que nous gravissons, Fayard, 2021.
La Chanson du monde qui change, illustré par Loren Long, Fayard, 2021.

AMANDA
GORMAN

DONNEZ-NOUS LE NOM DE CE QUE NOUS PORTONS

POÈMES

TRADUITS DE L'ANGLAIS (ÉTATS-UNIS) PAR SANTIAGO ARTOZQUI

FAYARD

Titre original du livre de langue anglaise :

CALL US WHAT WE CARRY
édité par Viking,
une marque de Penguin Random House LLC, New York.

L'éditeur tient à remercier
Rokhaya Diallo, Laura Nsafou et Nadège T. Dulot
pour leur contribution à l'édition française de cet ouvrage.

Mise en page intérieure : Amanda Gorman et Jim Hoover ;
adaptation pour la présente édition :
Nord Compo.

ISBN : 978-2-253-19579-5 – 1re publication LGF

Pour tous ceux d'entre nous
qui, dans la souffrance & la guérison,
choisissent de
continuer

L'histoire et l'élégie sont apparentées. Le mot « histoire » vient du verbe en grec ancien « ίστωρειν », qui signifie « poser des questions ». Celui qui pose des questions sur les choses - leurs dimensions, leur poids, leur position, leurs humeurs, leurs noms, leur sacralité, leur odeur - est un historien. Mais le questionnement n'est pas inutile. C'est en posant des questions sur une chose que vous comprenez que vous y avez vous-même survécu, et qu'il vous faut désormais la porter ou en faire une chose qui se portera elle-même.

ANNE CARSON

LE MANIFESTE DU NAVIRE

Le pire serait derrière nous, paraît-il.
Pourtant, nous demeurons tapis à l'orée de demain,
Figés dans nos foyers tels des fantômes acéphales,
Attendant de nous rappeler exactement
Ce que nous sommes censés faire.

& nous sommes censés faire quoi, exactement ?
Écrire une lettre au monde en tant que fille du monde.
Nous écrivons tandis que le sens s'évanouit,
Nos mots sont de l'eau qui coule sur un parebrise.
Le diagnostic du poète est que notre vécu
S'est déjà déformé en un rêve fiévreux,
Aux contours arrachés à la boue de l'esprit.

Pour répondre de ses actes il faut les rapporter :
Non ce qui a été dit, mais ce que cela voulait dire.
Non pas les faits, mais ce qui a été ressenti.
Ce qui était su, même sans être nommé.
Notre plus grande épreuve sera

Notre témoignage.
Ce livre est une bouteille à la mer.
Ce livre est une lettre.
Ce livre est sans concession.
Ce livre est éveillé.
Ce livre est une veillée.
Car qu'est donc une archive sinon un jugement ?
La capsule capturée ?
Un dépositaire,
Une arche articulée ?
& le poète, le gardien
Des fantômes & des gains,
De nos démons & de nos rêves,
De nos hantises & de nos espoirs.
À la préservation
D'une lumière si terrible.

REQUIEM

S'IL VOUS PLAÎT

veillez à préserver [ ] les autres & vous-même & [ ] à faire face

[ ] à toutes [ ] [ ] les personnes [ ] dans le [ ] temps.

ARBORESCENT I

Nous sommes
        Arborescents -
Ce qui demeure
        Invisible
Est à la racine même
        De nos êtres.
La distance peut
        Distordre au plus profond
Le sens
        De qui
Nous sommes,
        Nous laisser
Déformés
        & dévastés
Tels les vents
        De l'hiver. Nous ne
Tournerons pas le dos
        À ce que
Nous avons porté.
        Nous aimerions

Conserver cela
Un moment,
Rester assis en silence &
Nous balancer à ses branches
Comme un enfant
Qui refuse de rentrer
À la maison. Nous voudrions le
Préserver,
Et nous voudrions
Pleurer,
Conscients que
Nous laisserions
Encore
Tomber
Notre monde
Pour celui-ci.

AU DÉBUT

Il n'y avait pas de mots pour ce dont nous avions été témoins.
Quand nous nous parlions,
Nos phrases étaient guindées
& scindées comme un télégramme.
Espérons que nous irons/
Aussi bien que possible/
En ces temps/
Sans précédent & sans président.

En demandant comment allaient les autres,
Nous n'attendions pas une réponse honnête ou complète.
Quels mots peuvent décrire comment nous restons en vie ?
Nous sommes devenus des salariés de la souffrance,
Des spécialistes du supplice,
Des cadors du calvaire,
Des maîtres du martyre.
En tremblant, mars s'est mué en une année,
Débordant de millions d'ermites,
Une solitude surpeuplée.
Nous prions pour qu'il n'y ait jamais plus
Une douleur aussi précise & habitée que celle-ci.

Nous avons commencé à perdre des mots
Comme les arbres oublient leurs feuilles à l'automne.
La langue que nous parlions
N'avait pas de place pour *enthousiaste,*
Désireux, rire, joie,
Ami, se réunir.
Les expressions qui restèrent
Recélaient leur propre violence :
C'était un truc de malade !

Ha ! On est morts.
On est décédés.
☠☠

Essayer c'est prendre un coup de couteau,
Essuyer un coup de feu.
Nous voulons trouver qui a fait de nous
Un abattoir,
Une rhétorique qui fonctionne en rouge.
Nous enseignons aux enfants :
Laissez une marque sur le monde.
Qu'est-ce qui pousse un homme à faire feu sur
Un autre si ce n'est le désir de marquer

Le monde ?
Le balafrer & ainsi se l'approprier.
Son intention est de passer à la postérité,
Même si ce n'est qu'en tant qu'épave pouilleuse.
Les enfants, effacez toute marque.
Que cet endroit ne ressemble en rien
À celui que nous avons laissé derrière nous.

Désolée pour ce long texte ;
Il n'y a pas de petits mots dans une bouche.
Nous trouvons la rhétorique de la réunion
En laissant l'amour reconquérir nos langues,
Le bout des dents.
Nous avons toujours eu
Le cœur dans la gorge.

FUG[illegible]

Comprenez-nous bien.
Nous palpitons vraiment pour ce qui est passé,
Mais plus encore pour tout ce à côté de quoi nous sommes passés –
Sans remercier, sans savoir,
Quand ce que nous avions était à nous.

Une autre faille nous a étouffés :
Le simple don de l'adieu.
Au revoir, ce par quoi on se dit l'un l'autre –
Merci d'avoir offert ta vie à la mienne.
Par *Au revoir*, on entend en réalité :
Soyons en mesure de nous saluer de nouveau.

C'est un doute sans bornes :
Chaque toux semblait une catastrophe,
Chaque proche un péril potentiel.
Nous consigniions chaque éternuement & chaque reniflement,
Certains que le virus que nous avions fui
Courait maintenant à travers nous.

Nous dormions à longueur de journée.
Nous avons passé l'année à pleurer,
À vif & terrifiés.

C'est peut-être ce que signifie
Respirer & mourir dans cette chair.
Pardonnez-nous,
Parce que nous sommes déjà
Passés par là.

L'Histoire a vacillé dans
& hors de notre vision,
Un film que nos paupières
Ont traversé en titubant.

Nous avons ajouté un millier de faux pas
À notre podomètre aujourd'hui
Parce que chaque enjambée
Nous coûtait davantage que ce que nous pouvions donner.

Dans cette nature éternelle,
Nous avons passé des jours à errer tels des morts vivants,

Redoutant la maladie & le désastre.
Nous nous sommes recroquevillés, rabougris jusqu'aux os
Tel un laurier en pleine sécheresse, nos gorges
N'étaient que rouages frénétiques,
Nos pas aussi peu sûrs
Que ceux de faons affamés.
Nous anticipions des horreurs,
En édifiant des léviathans avant qu'ils ne s'élèvent.
Nous ne pouvions pas sortir la tête
De l'abîme tapageur.
L'anxiété est un corps vivant,
Posté à côté de nous comme une ombre.
C'est la dernière créature encore debout,
L'unique bête qui nous aime
Assez pour rester.

Nous avions déjà atteint des milliers
De morts cette année.
Chaque fois que nous tombions bille en tête dans les infos,
Cœur en tête, peur en tête,
Nos corps raides & tendus par un *et maintenant ?*
Mais qui a le courage de demander *et si ?*

Quel espoir abriterons-nous
En nous tel un secret,
          Second sourire,
                    Intime & pur.

Désolés si nous sommes moins sympa* -
Le COVID a tenté de mettre un terme à tout.
Maintenant encore, les poignées de main & les étreintes sont comme des cadeaux,
Que nous sommes stupéfaits d'offrir, de recevoir.
& nous fouillons en quête de quoi que ce soit
Qui ressemble à ceci :
Le claquement dans nos poumons qui nous lie à des inconnus,
Comment, quand nous sommes parmi ceux qui nous sont les plus chers
Nous bougeons à l'instinct,
Tel l'éclair d'un banc de poissons.
Notre considération les uns pour les autres
          N'est pas gagnée par une tumeur,
                    Simplement transformée.

Par *Salut*, nous entendons :
Ne nous disons pas au revoir à nouveau.
Il y a quelqu'un pour qui nous serions prêts à mourir.
Sentez cette vérité farouche, inamovible,
Ce sacrifice prêt à en découdre.
C'est ce que peut l'amour :
Il permet d'affronter les faits par-delà toute frayeur.
Nous avons trop perdu pour perdre.
Nous nous appuyons de nouveau les uns sur les autres,
Comme l'eau saigne en elle-même.
Cette heure vitrifiée, en pause,
Explose comme une étoile chargée,
Qui toujours nous appartient.
En quoi d'autre devons-nous croire.

* En réalité, les niveaux de confiance sociale ont connu un sévère déclin aux États-Unis. Voir David Brooks. De façon frappante, une étude de 2021 suggère que les descendants des survivants de l'épidémie de grippe de 1918 ont vu leur confiance sociale baisser. Voir Arnstein Aassve *et al.*

L'ÉCOLE EST FINIE

L'annonce est tombée
Tranchante comme un coup de hache :
Tous les étudiants devaient quitter
Le campus aussi vite que possible.

Nous pensons avoir pleuré,
Nos cerveaux lessivés.
Nous tentions déjà d'oublier
Ce que nous allions vivre.
Ce que nous allions céder.

* * *

Méfiez-vous des ides de mars.
Nous reconnaissions qu'une chose
Galopante comme une rumeur
Courait entre nos rangs.
Une hémorragie de cas plus proches,
Comme une tache qui s'étale sur une nappe.

Rien n'est plus inquiétant
Qu'un titan qui se croit
À l'écart du monde.

* * *

Jour de remise des diplômes.
Nous n'avons pas besoin d'une toge.
Nous n'avons pas besoin d'une scène.
Nous marchons aux côtés de nos ancêtres,
Leurs tambours rugissent pour nous,
Leurs pieds marquent lourdement le rythme de notre vie.
Il est puissant d'être spolié
& de pourtant choisir de danser.

LA PUISSANCE SANS PAREIL D'UN CHEZ-SOI

Nous en avions marre du pays,
Nous avions le mal du pays.
Ce masque à notre oreille
S'est accroché tout au long de l'année.
Une fois rentrés chez nous,
On se retrouvait haletants, en larmes,
à l'arracher comme un bandage,
Comme une gaze posée
Sur notre bouche béante.
Même sans visage, un sourire peut
Nous élargir les joues,
Os par os,
Nos yeux se plissent
Délicatement comme du papier de riz
Devant une beauté tout aussi fragile –
Le blues chantant d'un chien,
Un écureuil qui s'aventure tout près,
La chute de la blague d'une personne aimée.
Notre masque n'est pas un voile, mais une vision.
Que sommes-nous, sinon ce que nous voyons dans l'autre.

CE QUE NOUS AVONS FAIT PENDANT CE TEMPS

- ❑ Nous avons fait des efforts pour être remusclés & verts,
- ❑ Pour faire de l'exercice,
- ❑ Pour exprimer,
- ❑ Pour rester chez nous,
- ❑ Pour rester sains d'esprit,
- ❑ Pour faire palpiter nos fours avec de petits pains,
- ❑ Pour faire reluire nos téléphones de prétextes à faire la fête.

Nous étreignions nos proches
À travers la diagonale d'un écran,
Nous avions l'impression d'être des Zoombies,
Aux visages piégés dans la prison d'un prisme.
Le zoo[m] étriqué si l'on peut dire.
& qu'aurions-nous pu faire différemment ?
Nous n'avons qu'une seule façon de ne pas mourir.

Ce sera une bénédiction si nos enfants
Ne saisissent jamais complètement ce qu'il a
Fallu pour en arriver là.

- ❑ Offrez-leur ce poème,
  Au cas où ils n'y pensent plus.
- ❑ Auquel cas, n'y pensez plus.

SURVIVRE

Ces mots n'ont pas besoin d'être rouges pour que notre sang circule à travers eux.
Lorsqu'un drame menace d'en finir avec nous, nous sommes submergés par notre ressenti ;

Nos visages varient, virant comme un arpent au passage
Des saisons. Les années sont peut-être programmées & planifiées

Tout comme les semences dans un champ fraîchement labouré.
Quand nous rêvons, nous n'agissons que par instinct.

Nous ne sommes peut-être pas totalement sûrs de tout ce que nous sommes.
& nous avons pourtant enduré tout ce que nous étions.

Aujourd'hui encore nous tremblons :
La révélation fait mal.

Cela n'aurait pas dû être ainsi.
En fait, cela n'aurait pas dû être.

Les disparus n'étaient/ne sont pas un seuil
Ni un perron sous nos pieds.

Même s'ils ne sont pas morts
Pour nous, nous avancerons pour eux.

Et nous n'apprendrons qu'en laissant cette perte,
Comme nous, chanter encore & encore.

LES HAUTS-FONDS

Privés de contact &
Affamés de lumière nous étions,
Comme une flamme inversée,
Dévorant toute chaleur jusqu'au cœur.
Le désespoir le plus intense est insatiable,
Il prend & prend & prend,
Estomac jamais rassasié.
Ce n'est pas une hyperbole.
Tout ce qui est splendide & bon & décent
N'est pas un luxe, pas quand son vide
Nous mène à l'embarcadère de la guerre.

Alors même que nous sommes pétrifiés,
La totalité de ce que nous avons perdu
Se propage en nous comme un fantôme.

Ce que nous avons vécu
Demeure indéchiffrable.

& cependant, nous demeurons.
& pourtant, nous écrivons.
& alors, nous écrivons.
Regardez-nous avancer au-dessus du brouillard
Comme un promontoire au crépuscule.
Cela nous emplira-t-il de fiel ?
Ou de miel ?

Pleurez.

Puis choisissez.

& ALORS

Il est facile de ressasser,
Plus dur d'espérer.

Cette vérité, comme un ciel surexposé,
Ne peut se ressentir qu'intégralement ou pas du tout.
Le splendide n'est pas fait pour être fragmenté.
Malgré la terreur qui la submerge,
Cette fille sombre songe encore.
Nous sourions comme un soleil jamais éclipsé.

Le chagrin, quand il file, s'en va dans la douceur,
Comme l'exhalaison de ce soupir
Que nous agrippions sans le savoir.

Puisque la Terre est ronde,
Il n'y a pas moyen de s'éloigner
Les uns des autres car même ainsi
Nous nous rejoignons.

Certaines distances, si on les laisse croître,
Sont simplement les plus grandes proximités.

MONTAGE

Il n'y a pas de façon simple de souffrir.
La vraie douleur est réprimée, perturbée.
: Inaudible :
Nous devons changer
Cette fin du tout au tout.

* * *

La maladie est une mort physiologique,
La solitude une mort sociale,
Où l'ancien Nous s'affaisse comme un poumon.

* * *

Certains jours, on a juste besoin d'un endroit
Où l'on peut saigner en paix.
Notre seul mot pour cela est
Poème.

* * *

Il n'y a pas de bonne façon de dire
Combien les uns ont manqué aux autres.
Certains traumatismes débordent du corps,

Une douleur dont les os ne marquent pas la frontière.
Quand nous nous approchons d'une âme sœur,
C'est avec le montage de toute notre vie.
La souffrance est peut-être, comme un nom,
Faite pour ne chanter que pour vous.

* * *

Nous présentons des excuses
En faisant chanter nos paumes :
            Nous sommes toujours blessés,
Mais pour l'instant, nous ne nous blessons plus
                                        L'un l'autre.
Pour réparer, il n'y a pas de manière douce.
Vous devez nous détruire soigneusement.

LE BON CHAGRIN

L'origine du mot *traumatisme*
N'est pas simplement « blessure », mais « percer » ou « tourner »,
Comme une lame qui se loge quelque part.
Le chagrin impose sa propre grammaire,
Structurée par l'intimité & l'imagination.
Nous disons souvent :
Nous sommes accablés de chagrin.
C'est inimaginable.
Cela signifie que l'angoisse peut nous amener à envisager
Plus que ce que nous pensions supportable
Ou même vivable.
Tout ça pour dire qu'il existe vraiment
Un bon chagrin.

La douleur nous permet de savoir
Que nous sommes en vie & éveillés ;
Elle fait place nette pour toutes les exquises,
Insoutenables énormités à venir.

Nous sommes percés à neuf par le tournant
Vers l'avant.

•

Tout ce qui est grave ne doit pas
Être un fardeau, une angoisse.
Appelez plutôt ça une ancre,
Un chagrin qui nous enracine dans sa mer.
Le désespoir nous quitte comme il était entré -
En tournant par la bouche.
Même aujourd'hui la conviction produit
Une étrange magie sur nos langues.
Nous sommes reconstruits
Par ce que nous
Bâtissons/trouvons/voyons/disons/évoquons/savons.
Ce que nous portons signifie que nous survivons,
C'est ce qui nous survit.
Nous nous sommes survécus.
Là où jadis nous étions seuls,
Nous sommes à présent hors de nous.
Là où jadis nous étions acérés et hargneux comme des lames,
Nous pouvons à présent seulement imaginer.

QUELLE ÉPAVE QUE L'HOMME

ESSEX I

L'*Essex* était un baleinier nord-américain qui fut attaqué par un grand cachalot en 1820. Sur les vingt hommes d'équipage, seuls huit survécurent, seuls huit furent secourus après avoir dérivé en mer pendant trois mois. Ce drame inspira *Moby*

Prenez de la tragédie, écrivez un livre.
Regardez. Ce n'est qu'en se noyant que l'on
comprend avec quelle férocité nos pieds peuvent déco
cher des ruades. Nous étions *mar*, marqués & maugréants,
mer démontée. Combien de naufrages avons-nous encore
en nous. Où que nous regardions, il y a un corps détruit. On
nous a enjoint de ne jamais employer Je quand nous écrivons,
parce que éliminer cette voix rend les arguments plus légitimes.
Mais nous nous rendons compte que rien n'est aussi convaincant
que soi – notre vie, notre corps & ses meurtrissures témoignent de
leur propre point de vue cabossé. Qu'y a-t-il de plus puissant que l'inef
facé. Ces hommes ont passé des mois, égarés sur les vagues, à ne voir
d'autres visages que les leurs, lessivés par une mer de coups de soleil. At
tendez suffisamment longtemps & des garçons peuvent devenir venimeux
comme des bêtes, leurs barbes coulant sur leurs poitrines comme des écharpes.
Ce qui survit, ce qui est sauvé, doit-il être sauvage à ce point ? Est-ce donc cette
mer dont nous sommes sortis, non pas plus animaux, mais plus humains ? Exténués.
Entravés. Le cœur serré. Oui. Mais humains. & humains. En d'autres termes, nous
devenons ce que nous chassons, parce que nous commençons inévitablement à penser
comme notre proie. Les morts alimentaient les lampes d'un monde accroché à la nuit,
un siècle tout entier éclairé par du sang. Quand ce cachalot a massacré leur bateau,
il ne faisait plus aucun doute que la haine pouvait croître dans le giron d'une créature.
La pêche à la baleine c'est comme partir en guerre, on ne reviendra peut-être pas
de l'indéchiffrable naufrage. Dérivant à présent dans de petites embarcations ballottées, les

Dick à Herman Melville. À l'époque, les baleines étaient tuées pour leur graisse, dont on se servait pour les lampes à huile et pour d'autres biens de consommation.

Ce que je te raconte n'est pas tant une histoire qu'un naufrage – des fragments qui flottent, enfin déchiffrables.

Ocean Vuong,
Un bref instant de splendeur

hommes d'équipage égarés se détournèrent de la promesse d'une terre, par peur
des cannibales, ces fables rouges des ailleurs. Cette décision-là prolongea leur
terreur de la longueur d'un océan rageur. Étions-nous le moins du monde
différents, moins déchirés, captivés & perdus. La perte est indéchif
frable. Peut-on seulement vous sauver si vous avez été détruits.
Nous les voyons à présent, après plusieurs mois de fièvre,
à la toute fin de leurs cauchemars bleus,
la chair de leurs amis rouge sur
leurs dents. Ils avaient mangé 7
de leurs camarades. On
devient ce qu'on fuit
& ce qu'on craint.
Qui peut payer
le prix de
la lumière. Nous
pourrions avoir tort.
Nous avons souvent tort.
Mais nous refusons de croire
que l'unique façon d'apprendre soit
le fouet & le fléau, la flèche du désastre.
Contrairement à la croyance populaire, il n'est pas simple pour nous
de mentir. Même le corps livre des indices qui le trahissent, même notre sang court
vers la vérité. Nous sommes nés droits, dans la confiance, sans limites, sans jamais
bannir tout ce que nous aimons. Regardez – nos paumes ouvertes mais encore
pleines, comme une chose qui éclot. Nous allons de l'avant, en abritant
aussi cette unique vie.

DONNEZ-NOUS LE NOM

Accordez-nous ce jour
Qui meurtrit notre fibre essentielle.

Par moments, plus de la moitié de nos corps
N'est pas nôtre,

Nos personnes transformées en vaisseaux
Pour des cellules non humaines.

Pour elles nous sommes
Un être navire,

Essentiel.
Un pays,

Un continent,
Une planète.

Un microbiome
Humain, c'est toutes les formes qui se tortillent sur

& dans ce corps
recrutées pendant notre vie.

Nous ne sommes pas moi –
Nous sommes nous.

Donnez-nous le nom
De ce que nous portons.

UN AUTRE NAUTISME

Toute eau a une mémoire parfaite et est éternellement en train d'essayer de retourner où elle était.

Toni Morrison

Le suffixe anglais *-ship* n'a rien à voir avec *ship*, le navire.

Il signifie plutôt « qualité, condition, talent, activité ».

Ce suffixe trouve son origine dans l'ancien anglais *scieppan*, qui signifie « façonner, créer, former, destiner ».

Ajoutez *-ship* à la fin d'un mot & ça transforme son sens.

Relation	→ ship
Leader	→ ship
Kin	→ ship
Hard	→ ship

Ajoutez *-ship* à la fin d'un monde & ça transforme notre sens.

Ce livre, comme un navire, est censé être habité.
Ne sommes-nous pas les animaux, deux par deux,
Le cœur lourd & pourvus de sabots et de cornes,
Marchant vers l'arche de nos vies.
Nous, les mammifères destinés au déluge
Ce jour qui pulse vers demain.

* * *

« *To ship* », familièrement, signifie imaginer ou considérer comme un couple, réunir deux personnes ou deux choses, moyen par lequel nous les casons. C'est une version raccourcie et verbalisée de *relationship*, pour rêver d'amour là où il n'y avait que le vide.

Relationship → ship

Parfois l'extrait n'est pas un effacement,
Mais une expansion.
Ce n'est pas une cassure, mais une culmination.
Pas une coupure, mais une croissance.

La vie a saisi le suffixe *-ship*, en a fait un verbe,
A pris un son
& lui a donné une impulsion.

Cela, seuls les mots peuvent le faire –
Nous pousser doucement vers quelque chose de nouveau
& ce faisant, nous rapprocher → ensemble.

Nos relations sont peut-être notre fibre la plus essentielle,
Car la camaraderie est à la fois notre nature & notre besoin.
Nous sommes principalement façonnés par ce que nous imaginons.

Il y a véritablement une unité
Qui ne requiert aucun « ils »
Pouvant nous menacer.
C'est la définition même de l'amour.
On n'a jamais eu besoin de haïr un être humain
Pour en étreindre un autre, jamais eu à avoir peur
Pour chérir les cœurs qui battent pour nous.

Dans tout ce naufrage sans mer,
Nous n'avons pas cherché
Une terre jaune
Mais notre prochain,
Les rives explorées
Seulement l'un par l'autre.

Mus par une volonté à travers les sombres infortunes,
Nous arrivons jusqu'à nous-mêmes.

* * *

L'espoir est le doux oiseau
Que nous envoyons sillonner la mer
Pour voir si cette terre est toujours notre foyer.
Nous vous demandons sincèrement :
L'est-elle ?

* * *

Nous, comme l'eau, n'oublions rien,
Renonçons à tout.
Les mots, tout comme l'eau,
Sont une forme d'ablution.
À travers eux nous nous lavons
De ce que nous ne sommes pas.
C'est-à-dire que les mots
Sont la façon dont nous sommes attachés & sans tache.
Réveillons-nous & rugissons
Comme les bêtes anciennes que nous sommes.

DANS L'ABÎME

Nous avons nagé à travers les infos
Comme un navire se cabre en mer.
Pendant un an notre télévision
Était un phare, ne scintillant
Que pour alerter & jamais chaleureusement.
Nous nous sentions comme des choses couvées dans la nuit,
En hibernation de notre propre humanité.
Le chagrin a fait de nos bras des cordes.
Pendant tout ce temps, nous ne brûlions de faire
Que ce que nous avions toujours aimé.

* * *

Les heures erraient léthargiques comme un vélo
Ivre sans son guidon.

Jusqu'au.
Retour.
À la normale,
Nous répétons, une incantation
Pour invoquer l'Avant.

* * *

Nous pleurons le passé
Plus qu'il ne nous manque.
Nous vénérons la routine plus que
Nous ne nous en souvenons honnêtement.
Ne reconnaissons-nous donc pas
Toutes les façons dont le
Normal peut
B a f o u i ll er
&
Mourir.

* * *

Oui, la nostalgie a ses raisons –
Transport depuis le monde des spectralisés,
Les emplois perdus pour toujours,
Les cris primaux des mères,
Les esprits de nos enfants évincés de l'école,
Les funérailles sans les familles,
Les mariages en souffrance,
Les naissances en isolation.
Que plus jamais personne
Ne doive commencer, aimer, ou finir, seul.

* * *

La Terre est un spectacle de magie ;
Chaque seconde quelque chose de beau
Disparaît sur sa scène,
Comme si cette chose rentrait simplement chez elle.
Nous n'avons aucun mot
Qui signifie devenir un fantôme ou un souvenir.
Faire partie de ce lieu
C'est se rappeler où est ce lieu,
La longitude de sa langueur.
Cette élégie, naturellement, ne suffit pas.
Disons-le tout bonnement.
Donnez-nous le nom de ceux que nous avons laissés pour compte.

* * *

Ce n'est pas ce qui a été fait qui nous hantera,
Mais ce qui a été caché,
Ce qui a été mis à l'écart & maintenu à l'écart.
La main fermement serrée
À chaque choc noir.
On ne peut inspecter tous ces spectres.
Mais ne craignez pas nos fantômes.
Apprenez d'eux.

* * *

Lentement comme la mer,
Nous avons trouvé une ferveur acharnée pour dire :
Dès que nous le pourrons nous aurons de l'espoir.
Nous l'avons trouvé dans un million de délicatesses
De poids –
Le gloussement à pleins poumons d'un bébé,
Juillet vitrifiant notre peau,
La musique qui floute une rue gorgée d'été.
Comment lorsque nous sommes entre amis
Nos rires peuvent surgir
De rien.
À travers ce trou ouvert d'un coup de poing dans le toit
Nous voyons un bout de ciel rapiécé.
Nos blessures, aussi, sont nos fenêtres.
À travers elles nous regardons le monde.

* * *

Nous avons prié pour un miracle.
Ce que nous avons eu c'est un miroir.
Regardez comment, sans mouvement,
Nous nous réunissons.
Qu'avons-nous compris ? *Rien. Tout.*

Que faisons-nous ?

Écouter.

Il nous a fallu nous perdre
Pour voir que nous n'avions besoin de nul autre royaume
Que cette affinité.
C'est le cauchemar, jamais
Le rêve, qui nous réveille en sursaut.

PHARE

Homo sum, humani nihil a me alienum puto.

Térence

Nous ne nous sommes jamais rencontrés
& nous nous sommes pourtant perdus de vue,
Deux phares tremblotants dans le brouillard.
Nous ne pouvions pas nous étreindre.

Cette année n'a pas été une année.
Quand les générations futures nous questionneront, nous dirons
Ça s'est passé à peu près comme ça :
Les aires de jeux désertes, grinçantes,
Des corps étendus raides comme des branches de céleri,
L'empreinte de la chaleur humaine, des vacances,
Des rassemblements & des gens a rouillé
Dans notre crâne rance.
Les instants hésitaient, sans programme,
Sans plan, non sans complot. Le temps   s'est   eff on dré
En rien de p   lus qu'   une forme
Que nous cherchions en tâtonnant, hébétés

(& dites-nous : qu'est-ce qu'une heure
Sinon une rotation par laquelle nous mesurons notre chagrin).
Des mois entiers se sont écoulés, vite mais en se traînant,
Comme un vide embué piégé dans le rétroviseur.
Nos âmes, solitaires & solennelles.

À ce moment-là, notre peur était vieille & exacte,
Élimée et raide, comme de seconde main.
Quand n'avons-nous pas eu l'horreur en héritage.

* * *

Le cœur, creusé de chagrin.
L'esprit, assimilé à la souffrance.
Néanmoins, nous sommes sortis de ce plan blafard,
Même si nous étions libres d'y rester.
L'espoir n'est ni un port silencieux ni un havre immobile.
C'est la chose rugissante qui nous remorque au large
Des rives mêmes auxquelles nous nous agrippons.

Bien que nous ne nous soyons jamais rencontrés,
Nous avons ressenti l'autre tout du long,
Calme & nomade, brillamment éclairé
Par l'envie d'aller de l'avant.
Aucun humain ne nous est étranger.

COMPAS

Cette année longue comme une mer
Nauséeuse.
Comme une page, nous ne sommes lisibles
Qu'ouverts les uns aux autres.
Car qu'est-ce qu'un livre
Sinon avant tout un corps
Qui patiente & qui désire –
Une soif ardente d'être entier,
Plein de lui-même. Ce livre est plein
De nous-mêmes. Le passé est un
Déjà-vu passionné,
Une scène déjà saisie.
Dans la forme de l'Histoire, nous percevons nos visages,
Reconnaissables mais inassimilés,
Familiers et pourtant effacés.
S'il vous plaît.
Ne nous demandez pas qui nous sommes.
Le plus difficile avec le chagrin
Est de lui donner un nom.

La douleur nous sépare,
Comme deux lèvres sur le point de parler.
Sans langage rien ne peut vivre
Du tout, et encore moins
Au-delà de lui-même.

Nous avons beau nous sentir perdus, il n'est pas de meilleur
Compas que la compassion.
Nous nous trouvons non pas en étant
Les plus voyants, mais les plus clairvoyants.
Nous regardons un bambin
En roue libre dans l'herbe chaleureuse,
Il ne fuit pas, mais court simplement, comme le font les rivières,
Parce que c'est dans leur nature débridée.
Nous sourions, le visage tout entier éclairé
Par cette simple chose aveuglante.
Comment pourrions-nous ne pas être changés.

HÉPHAÏSTOS

Soyez attentifs.
Étant tombés
Dans cette ère d'erreur,
Nous nous sommes relevés au milieu des décombres.
Que nous est-il arrivé,
Avons-nous demandé. Une vraie question.
Comme si nous étions simplement ceux qui sont affectés,
Les destinataires, à qui
Ce traumatisme ambulant a été envoyé.
Comme si nous n'avions pas nous-mêmes poussé le cri
Qui a courbé nos arcs.

Nous peinons tout autant
En tombant qu'en nous élevant.
Rappelez-vous toujours que
Ce qui nous est arrivé
Est arrivé par nous.

Nous nous demandons jusqu'où
Nous pouvons approcher la lumière
Avant de fermer les yeux.

Combien de temps nous pouvons supporter l'obscurité
Avant de devenir davantage que nos ombres.

Soyez attentifs.
La sollicitude est la dette
Que nous avons toujours eue les uns envers les autres.

* * *

Ceci n'est pas une allégorie.
Descendons en nous-mêmes,
Comme un fruit saisi par sa propre branche.
Cette chute limpide est le début
De ce que nous devrions devenir.

* * *

Disons que nos pieds ont loupé une marche –

Le choc zigzague à fond dans nos veines –

– Tandis que nos pieds pardonnent au sol.
Le sang qui pulse par à-coups dans nos veines
Nous rappelle que nous sommes périssables
Mais vainqueurs, vivants & vindicatifs.
Parfois

La chute

Nous

Rend simplement

Davantage

Nous-mêmes.

CHAQUE JOUR NOUS APPRENONS

Chaque jour nous apprenons
Comment vivre avec essence, non avec aisance.
Comment avancer en se hâtant, jamais en haïssant.
Comment laisser cette souffrance qui nous dépasse
Derrière nous.
Tout comme un talent ou n'importe quel art,
Nous ne pouvons maîtriser l'espoir sans le pratiquer.
C'est le plus fondamental des savoir-faire que nous exigeons de
nous-mêmes.

CORDAGE, ou EXPIATION

[Hensleigh Wedgwood, *A Dictionary of English Etymology*, 1859]

Appelez-nous Fish Meal.
Nous ne sommes pas des prophètes.
Nous ne sommes pas des profits.
Notre année tout entière engloutie,
Comme par une gueule massive.
Que pourraient encore digérer
Nos cœurs, gonflés de douleur,
Tout & tout le monde dans un enfer
Traumatique, telle une mer appât-
tant son souffle, son temps.
Comme pour retenir son être tout entier.

Durer signifiait être séparés
Ensemble, proches dans notre distance.
Pour faire partie des vivants,
Nous devions nous en départir,
        En vie mais seuls.
C'était la mort par survie.

* * *

Le mot *atone*, expier, vient
Du collage en moyen anglais
De *at & on(e)*, littéralement « *at one* », « en harmonie ».
Dès la seconde moitié du XVIIe siècle, *atone* signifiait :

« réconcilier, et par conséquent souffrir les peines de tout sacrifice nécessaire à l'avènement d'une réconciliation ».

Là surnage notre unique espoir,
Inintelligible dans sa démesure,
Comme un rorqual qui s'entraîne lui-même vers le fond.
& pour ébranlés que nous soyons,
Nous restons debout
Dorés comme une plage,
Malgré tous les augures, preuve
Que les humbles répareront la terre.

* * *

Appelez-nous Odd'Sis,
Rusés comme ces miles de sang versé.
Nos dieux doivent des présages aux sages.
Des réponses, en fait.
Nous cachons un bataillon dans le corps

De ce poème, féroce comme un fauve dans la forêt.

La force est étrangère à la survie.
Ce qui endure n'est pas toujours ce qui s'en sort
& ce qui dépérit peut encore résister.
Nous observons des hommes amender leurs amen,
Des mots claquant contre leurs mains.
La poésie est sa propre prière,
Les mots y sont au plus près de la volonté.

Quand la dixième année de ce combat viendra,
Nous n'accorderons plus à l'ombre
Une résidence gratuite en nous.
Nous jaillirons de cette nuit
Qui nous est tombée sur la tête.
Souvent, nous ne pouvons changer
Sans que quelqu'un en nous ne meure.

* * *

Appelez-nous un exode,
Par dix fois soumis au fléau,
Car nous ne voyons plus que du rouge.
Le langage intentionnel, tel un poème,

Doit séparer nos eaux comme une entaille,
Pour qu'à son tour la mer s'afflige & cède
Assez pour être traversée.

* * *

Non.
Nous sommes le cétacé,
Avec un cœur si gros
Qu'il ne peut s'empêcher de pleurer.
Nous ne pouvons nous empêcher d'aider.
Si l'on nous donnait le choix, nous ne serions pas
Au sein des Élus,
Mais parmi les Changés.

L'unité recèle sa propre dévotion,
Le mot dans lequel nous travaillons,
Qui nous laisse dévastés afin d'être délivrés.

L'avenir n'est pas acquis.
Il n'est que supplice, jusqu'à ce qu'il
S'unisse avec l'Histoire,
Jusqu'à ce que le foyer soit plus qu'une mémoire,

Jusqu'à ce que l'on se rapproche
Au plus près de nos proches.

Quelle merveilleuse épave nous sommes.
Nous jaillissons de nos renfoncements
Froids & isolés.
Comme une plante grimpante apparue dans la nuit,
Nous étions mendiants & misérables
Sur ce sol mortel
& même ainsi nous ne sommes pas diminués.
Ne serait-ce que le temps de ce jour nouveau-né,
Reprenons nos vies.

LES YEUX DE LA TERRE

LUMINEUX

De quoi aurions-nous l'air, dénudés
Comme un arbre qui a passé l'hiver.
Peau irritée, croûtes brillantes
Qui semblent argentées au clair de certaines lunes.
En d'autres termes,
Nos cicatrices sont les plus éclatantes
Parties de nous-mêmes.

* * *

Le croissant de lune,
La lésion lumineuse de la nuit.
Sous elle nous sommes des chênes abattus,
Des branches pleines de vide.
Regardez de plus près.
Ce que nous partageons excède
Ce que nous avons perdu.

* * *

& ce que nous partageons c'est l'écorce, les os.
Les paléontologues, à partir d'un fémur fossilisé,
Peuvent rêver une nouvelle espèce,
Faire croire à un corps
Où il n'y en avait aucun.
Nos reliques sont révélation,
Notre requiem comme raptus.

Quand nous ployons dans la poussière
Nous sommes la vérité préservée
Sans notre peau.

* * *

Lumen signifie à la fois la cavité
D'un organe, littéralement une ouverture,
& une unité de flux lumineux,
Littéralement, une mesure de l'intensité lumineuse
De la source. Qui nous illumine.
D'ailleurs, nous, aussi,
Sommes cette unité de lumière incarnée,
Le vide que lux doit percer.

* * *

Désolé, ça doit être la lumière
Qui nous joue des tours, disons-nous,
En nous frottant les yeux.
Mais c'est peut-être nous qui faisons
Des faussetés de la luminescence –
Nos ombres jouent des tours aux étoiles.
Chaque fois que leurs regards tirent vers le bas,
Elles nous pensent monstres, puis hommes,
Prédateurs, puis personnes à nouveau,
Bêtes, puis êtres,
Horreurs & puis humains.
De toutes les étoiles la plus belle
N'est rien de plus qu'un monstre,
Tout aussi affamé & perdu que nous.

VIE

La vie n'est pas ce qui est promis,
Mais ce qui est visé.
Ces os, non pas ce qui est trouvé,
Mais ce que nous avons bravé.
Notre vérité, non ce que nous avons dit,
Mais ce que nous avons pensé.
Notre leçon, tout ce que nous avons pris
& tout ce que nous avons apporté.

ALARUM

Nous écrivons en tant que fille d'un / monde mourant / en tant que nouveau visage de l'alerte qu'il nous lance. / En mathématiques, la barre oblique / également appelée *solidus* / signifie division, divisé par. / Nous avons été divisés / les uns des autres, personne / personne. / Certains chagrins, comme les rivières, sont infranchis / sables. On n'est pas censé les traverser à gué / mais les longer. Notre perte / colossale & rayonnante / ne nous échappe pas. Aimer la Terre / comme si nous l'avions déçue. Pour le dire simplement / nous l'avons naufragée / nous avons souillé le sol / & mis à terre sa terre. / Écoutez. Nous sommes le bruyant tribut / prélevé sur cette planète. / Notre avenir a besoin de nous / savoir prévenus. L'homme est un mythe / en devenir. / Ce qui est aujourd'hui poussière ne reviendra pas, / ni les êtres aimés, / ni leur souffle, / ni les glaciers qui s'effritent comme du sucre, / ni les corbeaux qui rabâchent / leur rengaine amère, / ni toutes les espèces / obli / térées / d'un coup de balai pollué. / L'extinction est un refrain / qui cogne calmement / cette même note. Ce qui ne sera jamais ramené / peut encore être remis / en mémoire / dans la bouche / à l'esprit. Le dire simplement c'est dire / seulement la moitié / de l'histoire.

LES YEUX DE LA TERRE

Ce que nous avons fait.
En ce moment nos mâchoires sont
verrouillées, nos épaules clouées à nos oreilles,
nos os prêts à braver une bataille brutale. Par *Pensez à la*
génération qui suit nous entendons : *Chaque jour le sol est souillé*
sous nos pieds, car nous apportons dans tous les confins de la Terre la fin
de toute la Terre. Croyez-nous s'il vous plaît quand nous disons que nous,
aussi, brûlons d'imaginer quelque chose de neuf. La réparation ne se trouve
pas dans la terre que nous possédons, mais dans celle-là même que nous devons
rembourser, le labour & le labeur que nous avons dérobés dès le début. Il n'y a
pas de conférence au sommet plus magnifique que ceci : eau, potable ; notre air,
respirable ; les oiseaux, formes floues en rafales ; les arbres poussant d'énormes
soupirs vers les cieux ; nos enfants, riant & rutilants dans la rosée. Francs pour
la première fois, nous devons regagner cette Terre retournée. À présent nous
sommes priés de la sauver. Nous crions avec des gamins qui doivent réparer
le monde parce que l'affronter n'est plus suffisant. *La jeunesse nous sauvera,* dit-on.
Mais même cela n'est qu'une excuse. Nos courtes vies sont à présent focalisées
sur les monstres à tête bitumeuse qui ont percé leurs dents bien avant
que nous ne poussions notre premier croassement moite. Générations
de l'ordre ancien, soyez nos recrues, pas nos rédempteurs.
Oh, combien nous aimerions voir nos parents
rouges & fébriles, aussi farouches & morts
d'envie de changer que nous
le sommes.

ARBORESCENT II

Comme les arbres,
Nous sommes toujours
En train de scruter
La chaleur,
Non de
Nos yeux
Mais du flou
De nos corps,
Le céleste
Cousu en nous.
Penchez-vous vers le haut,
Parce qu'il y a
Des façons
De s'asseoir & de
Laisser la joie trouver
Cette blessure,
Tandis même
Que nous
Laissons l'absence

Déferler autour
De notre tête
Comme
Un faible
Son.
Nous saisissons
Le meilleur
L'un de
L'autre
& commençons.

CAPTIFS

Les animaux ont envahi nos rues
Exigeant des réponses ou de la nourriture,
Venus reprendre
Ce qui était leur.
Nous avons été balayés par un
Besoin de nature méconnu,
De ciels qui se laissent aller au bleu,
Constellés d'étoiles vibrantes.
En ce mois de juin nous avons balancé nos chaussures,
Les pieds collants d'été & nous nous sommes assis
Sur la pelouse de quelqu'un d'autre,
Ne serait-ce que pour laisser l'herbe embuer
Nos orteils. Nous sommes encore dans ce vert,
Obturant les disques de nos yeux,
Jamais notre écorce n'oscille
Sous quelque brise que ce soit.

[Les animaux en captivité vont adopter ce qu'on appelle un comportement stéréotypé : des actions répétitives & invariables sans objectif ni fonction.

Certains exemples de comportement stéréotypé : tourner incessamment en rond, faire sa toilette encore et encore, se balancer, décocher des ruades, trop dormir & s'automutiler.]

Notre (ré)collection
Est grise & orageuse.
L'isolement porte son propre climat.
Six mois & nous ne pouvions toujours pas saisir
Ce que nous perdions chaque minute.
Nous nous sommes traqués nous-mêmes chez nous pendant des jours,
Absolument abouliques, incessamment incendiaires.
Nous nous rongions les ongles jusqu'à l'os,
Nous crissions des dents jusqu'à en faire de la poussière d'étoile,
Nous faisions tourner des souvenirs non pollués
Dans nos têtes comme une pièce d'un penny
Au visage effacé à force d'être frotté pour la bonne fortune.
Nous marchons tous les jours avec les mourants
De la Terre. Les espoirs accumulés
Dans notre gorge, une extinction.
Qu'entend-on, exactement, par « normal » ?
Qu'est-ce que ça signifie, exactement ?

[Les stéréotypies sont présentes chez beaucoup d'animaux, notamment chez les éléphants, les chevaux, les ours polaires, les macaques & les humains. Étant donné que les comportements stéréotypés ne sont pas observés dans la nature, on considère qu'il s'agit d'un indicateur important de la mauvaise santé psychologique d'un organisme mis en cage. Ainsi, ces stéréotypies sont qualifiées d'anormales (mais c'est plutôt la vie en captivité qui est véritablement anormale). Des cages plus petites peuvent exacerber les stéréotypies. Être en captivité, donc, c'est être transformé en trope de soi-même.]

Nous-mêmes, les sapiens, avons envahi nos rues
Exigeant des réponses & le changement.
Aimer c'est être responsable
Envers soi-même & l'un envers l'autre.
Notre besoin de nature
Est notre besoin d'origines,
Le lieu vert et diffus
Où nous sommes de moindre importance
& pourtant aussi conséquents que quoi que ce soit d'autre.
Nous comptons chacune des pulsations pilotées
Par nos organes qui font de nous ce mammifère debout.
Chez les fourmis, la reine elle-même doit parfois
Porter & enterrer ses morts.

Nous ne pouvons pas évaluer tout ce que nous donnerions
Pour n'être que ce cœur imbattu.

[Quand il est enfermé, l'animal peut adopter le même comportement encore & encore, au même moment encore & encore, au même endroit encore & encore, avec les mêmes résultats. Ce que nous décrivons, c'est la folie. Ou 2020.]

Il peut y avoir un jour sans terrain tiraillé
De terreur, uniquement un éther accroché à du
Bleu. La beauté de la planète,
Quand nous pensons à la regarder,
Nous laisse abasourdis comme des bébés.
C'est en étant concernés que nous faisons vœu
D'être ici,
D'être.
C'est ce qui nous rend
Libres.

PAN

Pandémie signifie tous les gens.
Pandemonium signifie
tous les démons. Pandore
signifie douée en tout.
Et Pan, dieu de la
nature. Tous les gens
ont du sens, ils sont tous
des démons, doués en tout. C'est
dans notre nature divine. À présent nous avons
conscience que la boîte de Pandore était un pichet
mal bouché, un pithos (en donner la mauvaise traduction
serait risquer qu'on s'en souvienne à travers sa fiction)
soit un récipient destiné à stocker du grain, de l'huile,
du blé & même des morts. Nous avons tous besoin d'endroits
où déposer notre chagrin. D'ailleurs où le mettre. Ce vaisseau
abritait toute peste, toute douleur & tout espoir. Ne paniquez
pas. Au lieu de cela, tournez-vous vers un compagnon.
Que sommes-nous sinon la curiosité d'ouvrir
les cercueils que nous portons, qui
sommes-nous sinon toutes
les choses que nous
libérons.

MEMORIA

MÉMORIAL

Quand nous racontons une histoire,

Nous sommes en train de vivre

La mémoire.

Dans la Grèce antique, les Muses, les filles aux pieds délicats de Mémoire, étaient censées inspirer les artistes. Ce n'est pas le savoir mais le souvenir qui nous fait créer. Cela expliquerait pourquoi tant d'œuvres magnifiques émergent du traumatisme, de la nostalgie ou du témoignage.

Mais pourquoi allitération ?
Pourquoi la percussion palpitante, la succession de syllabes ?
C'est le poète qui pilonne le passé en vous.

Le poète transcende le fait de « dire » ou de « performer » une histoire & à la place il s'en souvient, la touche, la goûte, attrape sa vastitude.

Ce n'est qu'à présent que Mémoire, auparavant abandonnée, trouve un havre sûr en nous.
Sentez tous ces récits s'entasser dans notre bouche affamée.

PRÉ-MÉMOIRE

Marianne Hirsch avance que les enfants des survivants de l'Holocauste grandissent avec des souvenirs du traumatisme de leurs parents ; c'est-à-dire qu'ils peuvent se souvenir d'épreuves dont ils n'ont pas fait personnellement l'expérience. Hirsch nomme cela la postmémoire. Seo-Young Chu analyse ce qu'elle appelle la postmémoire han, han étant un concept culturel coréen désignant le chagrin collectif. La postmémoire han, donc, est le han que les Coréo-Américains ont hérité des générations précédentes. Comme Chu l'écrit : « La postmémoire han est un paradoxe : l'expérience qu'on se rappelle est à la fois virtuelle et réelle, de seconde main et familière, ancienne et présente. » L'écho claquant de Jim Crow, aussi, résonne dans les corps noirs, avant même leur naissance.

* * *

Le traumatisme est comme une saison, profonde et fiable, une force dont nous nous protégeons en condamnant nos fenêtres. Même quand il est passé, il se fraye en chouinant un chemin jusqu'à notre porche.

Nous détruisons tout ce qui est bon simplement pour que cela ne nous fasse pas honte.
Qu'il est facile d'à la fois déserter & désirer cet endroit.

* * *

Ainsi, la mémoire collective, pour que l'on s'en souvienne, n'a pas besoin d'une expérience de première main. Le chagrin, la guérison, l'espoir ne dépendent pas de la première personne du singulier & sont le plus souvent rapportés par de nombreuses personnes.

De la même façon, en espagnol, comme dans de nombreuses langues, la conjugaison du verbe remplace souvent le pronom. *Llevo* signifie « je porte ». Le pronom *yo* (qui signifie « je ») n'est plus nécessaire. Le « je » est sous-entendu, pas absent. *Lleva*, par exemple, peut en tant que tel vouloir dire elle/il/on/vous porte ou portez. Quelque chose de similaire, voire d'exponentiel, se produit avec la postmémoire. La postmémoire n'est pas le soliste mais le chœur, un nous loyal, censé être non pas au-dessus des autres, mais parmi eux. Le traumatisme devient : je/tu/elle/il/vous/ils/elles/nous nous souvenons. Je/tu/elle/il/vous/ils/elles/nous étions là.

* * *

Même près les uns des autres, c'était dans la terreur.
Qui d'autre a pris la douleur pour de la proximité.

Ne croyez pas un mot qui sort de notre bouche.
Nous dirions n'importe quoi pour ne pas nous noyer.

* * *

Nous avançons que la pré-mémoire est le phénomène selon lequel nous nous souvenons de ce dont nous sommes encore en train de faire l'expérience. C'est la façon dont nous comprenons la réalité présente en tant que mémoire collective, alors même que ladite réalité continue d'advenir. Les souvenirs n'appartiennent pas à une seule personne, et n'ont pas non plus de fin chronologique. L'assertion devient : je/tu/elle/il/vous/ils/elles/nous savons. Je/tu/elle/il/vous/ils/elles/nous sommes ici.

* * *

Titillez la cicatrice jusqu'à ce qu'elle parle.
C'est ainsi que chaque souvenir débute.

Nous ployons nos têtes en deux,
Dans un écho éveillé longtemps auparavant.

* * *

Il y en a parmi nous qui, lorsqu'ils sont confrontés à une expérience tragique ou comique, pensent déjà : *Comment cela sera-t-il raconté à quelqu'un d'autre ? Est-ce que cela peut être raconté ? Comment pouvons-nous ne serait-ce que commencer l'histoire de ce qui nous est arrivé ?*

La pré-mémoire définit ce que nous sommes en tant que peuple. Allons-nous oublier, effacer, censurer, déformer l'expérience telle que nous la vivons, afin qu'on ne puisse pas se la rappeler entièrement ? Ou allons-nous demander, porter, conserver, partager, écouter, dire la vérité, afin qu'il ne soit pas nécessaire de la revivre entièrement ?

C'est la différence morale entre l'amnésie collective & la mémoire collective.

La narration est le moyen par lequel la mémoire inarticulée devient de l'art, devient un artéfact, devient un fait, est ressentie à nouveau, est libérée. Des empires ont été bâtis & détruits sur moins que ça. Il n'y a rien de plus atroce ni de plus dangereux qu'une mémoire inexprimée, inexplorée, inexpliquée & inexploitée. Le chagrin est une grenade toujours dégoupillée.

* * *

Par ici, un sourire est comme une étoile soudaine,
ressuscitée & chargée.
Ne vivre que pour mourir c'est être damné mais rachetable.

Nous savons seulement que nous sommes si loin
De ce que nous savons.

ON APPELLE QUI

Qu'est-ce que l'écriture sinon la préservation des fantômes ?

Cameron Awkward-Rich,
Essay on the Appearance of Ghosts

Nous réveillons des revenants,
Avant tout, pour avoir des réponses.
C'est-à-dire que nous cherchons
Des fantômes pour leur mémoire
& que nous les craignons pour la même raison.
Notre pays, une terre d'ombres.
Cependant, il n'y a d'autre spectre que nous.
Si nous devons invoquer
Quelqu'un ou quelque chose,
Que ce soit nos tendres nous-mêmes.

* * *

Comme des fantômes, nous avons trop
À dire. Nous ferons avec,
Même dans un cimetière.
Comme cet endroit, nous
Sommes hantés & affamés.
Le passé est le foyer où nous rentrons,
Nos formes à nouveau fluides
En toutes choses lumineuses.

QUAND

Nous oublierons cette immensité, elle sera encore nôtre, car nous avons écrit de tels mystères : nous avons fait ce que d'autres n'osaient faire. Nous avons collecté toutes les souffrances aveuglantes & dangereuses & rêvées, nous les avons mises à nu, même si nous n'avions pas encore de mots pour les cartographier.

Quelqu'un se souviendra de nous, de cela, même en un autre temps, même sous un autre nom.

Nous nous envelopperons dans nos propres bras, comme si nous pouvions vraiment embrasser la totalité de ce que nous sommes – tout ce qui fait de nous l'étrange petite tache que nous sommes. Demain, peut-être, n'en peut plus d'attendre d'être aujourd'hui.

Dans cette unique vie, nous, comme notre joie, sommes fugaces mais certains, abstraits & absolus, des fantômes qui luisent & luisent.

VALE DE L'OMBRE DE LA MORT

ou

EXTRA ! EXTRA !

LISEZ TOUS LES DÉTAILS !

Nous promettons d'écrire la vérité.

Restez avec nous jusqu'à la fin.

C'est ainsi qu'un mot fleurit dans un virus & ensuite dans un corps & ensuite de ce corps dans d'autres corps.

La grippe « espagnole » n'était *pas* apparue en Espagne. En fait, le premier cas fut répertorié aux États-Unis – au Kansas, le 9 mars 1918 (méfiez-vous de mars !). Mais comme l'Espagne était neutre pendant la Première Guerre mondiale, elle ne censura pas les rapports sur la maladie auprès du grand public.

Dire la vérité, alors, c'est prendre le risque de rester dans les mémoires à travers une fiction.

D'innombrables pays se firent des reproches mutuels. Ce que les États-Unis nommèrent grippe espagnole, l'Espagne l'appela grippe française, ou le soldat de Naples. Ce que l'Allemagne nomma peste russe, les Russes l'appelèrent grippe chinoise.

On prétend que l'ignorance est une bénédiction. L'ignorance, c'est ceci : une plante grimpante qui se faufile sur un arbre & le tue non par le poison, mais en occultant sa lumière.

En 1882, le Chinese Exclusion Act bloqua toute immigration chinoise aux États-Unis. C'était la première loi fédérale américaine qui établissait une différence entre immigration « légale » et « illégale ». Elle fut signée après que le stéréotype d'immigrants chinois porteurs du choléra & de la variole avait circulé pendant des générations.

À nouveau, les mots compt(ai)ent.

La première étape pour faire de tout un peuple un bouc émissaire consiste à délégitimer sa valeur - à le qualifier d'hôte de rien d'autre que de l'horreur.

Quelque chose en nous se repent chaque fois qu'un nouvel ami ne nous révèle pas son prénom, pour se prémunir contre la violence que notre langue pourrait exercer contre cela aussi.

L'héritage est transmis non pas en mémoire directe mais à travers un récit indirect. Ceux qui viendront ne se souviendront pas de cet instant, mais il est sûr que cet instant les suivra.

Suivez le mouvement.

Cette discorde est si ancienne qu'elle fait de nous tous des fossiles, une histoire qui n'est plus entièrement la nôtre & pourtant seulement la nôtre, jamais comprise.

En Espagne, *vale* (qui se prononce comme « ballet ») porte beaucoup de sens distincts. « Okay », « compris », « bien », « d'accord ». Le verbe *valer* signifie « coûter, avoir de la valeur », tout comme le mot anglais *value*, mais en espagnol *vale* est riche de résonances différentes.

Bien qu'on l'ait appelée le « choléra asiatique », cette maladie s'était développée en Europe. À l'origine, la variole fut apportée aux Amériques non par les Asiatiques, mais par les envahisseurs européens, contribuant à la mort de millions de personnes parmi les peuples autochtones.

Parfois, nous devons faire sortir le monstre tapi sous notre lit pour voir s'il/elle/ça arbore notre visage.

Certains détesteront nos mots parce qu'ils jaillissent d'un visage tel que le nôtre.

Quand l'épidémie de grippe de 1918 atteignit Chicago, John Dill Robertson, le conseiller municipal à la santé publique, accusa les Afro-Américains qui avaient fui le Sud et l'oppression des lois Jim Crow pour gagner les villes du Nord. Dans cette même ville embrassée par les lacs où notre grand-mère & notre mère allaient naître, le 8 juillet 1918, le *Chicago Daily Tribune* titra : « Un demi-million de noirauds du Dixieland ont essaimé au Nord pour s'instruire. »

Restez. On va en venir quelque part, c'est promis, d'accord ?

¿Vale?

Henry M. Hyde, le journaliste du *Tribune*, écrivit que les Noirs « se sentent obligés de s'agglutiner dans des pièces sombres et insalubres ; ils sont en permanence soumis à des tentations qui prennent la forme des saloons et d'autres établissement encore pires qui leur ouvrent grandes les portes ».

L'oppresseur dira toujours que l'oppressé souhaite que sa cage surpeuplée, douillette & confortable demeure telle qu'elle est ; le maître prétendra que les chaînes des esclaves étaient comprises, bien, correctes, okay – c'est-à-dire qu'elles n'étaient même pas des chaînes.

Une insulte raciste fait de nous des mammifères, quoique moins libres.

Bref, une insulte est un son qui nous animalise.

Ceci ne sonnera jamais bien, compréhensible, correct :
En 1900, Walter Wyman, le ministre de la Santé, qualifia la peste bubonique de « maladie orientale, propre aux bouffeurs de riz ». Comme si nous étions ce que nous mangeons & pas également qui nous trompons, ce que nous tweetons.

Il était mort.

Ce que nous voulons dire, c'est qu'il s'était trompé

À mort.

Nous ne pouvons pleinement comprendre le langage qu'à travers ce qui ne lui survit pas.

Ainsi, l'ignorance est un son qui nous bat – elle nous fait des bleus, des noirs, des jaunes, des rouges, un misérable arc-en-ciel. En espagnol, l'article défini est employé bien plus fréquemment que *the* en anglais. Ce n'est pas *blue*, c'est *the blue*, *el azul*. Pas *black*, mais *el negro*. Pas *history*, mais *la historia*. Comme si de nombreux passés bouillonnaient & que nous devions être clairs quant à celui à qui nous pardonnons, s'il existe.

Notre pays, que nous n'abandonnons pas à cause de son manque de grandeur, que nous devrions trouver en étant bons.

La bonté est ce qui nous permet de transformer nos mots en quelque chose de neuf : une sorte de grâce. En espagnol, le mot pour *value* est le même que celui pour *bravery* : *valor*. La bravoure doit nous coûter quelque chose, ou bien elle ne vaut rien du tout.
Qui d'autre doit payer & pour quoi.
Si nous comprenons un tant soit peu tout ça, *vale*.
Cet acte parle de lui-même, comme pour dire : nous savons tout ce que signifie nous sortir la tête d'entre les mains, échapper à cette ombre que nous appelons la nuit.

Nous avons arpenté les profondeurs sans ciel, prix que nous avons dû payer simplement pour aller bien.

Ce sentiment pourrait être de la souffrance, de la poésie, ou les deux. Mais au moins ce n'est pas un mensonge.
L'ignorance n'est pas une bénédiction. L'ignorance est un manque : c'est masquer à nous-mêmes la vision du ciel.
Nous jurons d'écrire toute la vérité, comme à la fin d'une lettre.
Adieu à tout ce qui nous empêche d'être voyants ou clairvoyants. Braves bêtes debout que nous sommes, glissant hors de la courbe d'un blues longtemps enduré. Sa promesse est l'unique vérité claire et distincte entre nous. Le ciel est colossal, incontesté & néanmoins compris. Il se peut que personne ne puisse payer le prix de la lumière. Nous asservissons toute chaleur jusqu'au bout, pour ce que ça vaut.

RETOUR VERS LE PASSÉ

Parfois, même les bénédictions nous saignent.

Certains ont perdu la vie
& d'autres ont disparu de la nôtre,

Ceux que nous pourrions désormais réintégrer,
Tous nos quelqu'uns invoqués doucement.

Nous approchons au plus près du voyage dans le temps
Quand nos peurs s'atténuent,

Nos douleurs se délient
Quand nous nous rapprochons

De nos proches, quand nous retournons
Vers qui nous étions

Avant que nous n'ayons vraiment été
Quelque chose ou quelqu'un –

C'est-à-dire quand nous sommes nés sans haine
& sans entraves, humides & hurlants

Portant tout ce que nous pouvions encore devenir.
Remonter dans le temps c'est se rappeler

Quand tout ce que nous connaissions de nous-mêmes était l'amour.

EXPIATION

EFFACEMENT

Plusieurs des poèmes qui suivent sont des poèmes d'effacement, ce qui veut dire que ce sont des documents dont les morceaux ont été arrachés, tout comme certains vont appeler cette année l'année perdue, la longue année, l'année gantée, l'année sans amour. La clé d'un effacement constructif - & non pas destructif - est de créer une extension plutôt qu'un extrait. Ce n'est pas un effacement, mais une expansion, qui nous permet de chercher le sous-texte, les courants sous la surface aqueuse des mots. C'est pour empêcher les mots de se noyer. Dans la présente, le stylo cherche à mettre en valeur, évoquer, explorer, exposer les corps, la vérité, les voix qui ont toujours existé mais qui ont été exilés, bannis de l'Histoire & de l'imagination. Dans ce cas, nous effaçons pour trouver.

Les Lettres

CONDOLÉANCES

Notre fléau a été de raconter
La mort de Cecilia –

Impossible

L'épidémie a attaqué
                    Elle a été emmenée ici
Elle s'est répandue rapidement

Elle a mis fin aux activités habituelles
                    Avec une dévotion absolue

Nous avons comparativement perdu tout ce qu'il était possible de perdre

Le malade n'était jamais un quelqu'un

Nous voulons ressentir

                    Cette maladie

Ni dépenses ni temps ni ennuis ne nous ont été épargnés.
Tout compte fait nous en avions peut-être fini

Cette maladie sur le pays
Était ici pire qu'ailleurs

Ce n'était pas une fatalité

Maintenant que l'épidémie a repris
Notre travail nous avons à présent

Corps croyant nous sommes*

* Lettre de condoléances du superintendant de la Yakama Indian Agency, Washington, 29 octobre 1918. Bureau des Affaires indiennes.

LETTRE D'UNE INFIRMIÈRE

Tout le monde doit mourir
Nous nous estimons chanceux
Croyez-nous
Nous étions là-bas & pourtant nous avions l'intention de rester,
Abritant tout un chapelet de choses que nous sommes bien incapables de nommer
Oh !
Le premier qui est mort nous a bien sûr troublés
Le lever du soleil est une chose si horrible
& pourtant

Chaque jour
Nous sommes appelés & nous attendons
Si le sort nous est favorable, nous nous trouverons peut-être.
Pressez la vie de votre main
Il y a tant à dire
Nous ne croyons pas que nous parviendrons
Jamais à traverser
Une année en restant normaux

Peut-être nous souvenons-nous à présent.

Les écoles, les églises, les théâtres, les dancings, etc.

Sont tous fermés ici aussi.

Il y a une loi au Sénat.

Nous ne pouvons pas nous empêcher d'espérer.

Ha ! Ha !

Si nous ne sommes pas morts

Écrivez

Écrivez

Pour être

Pour faire

Pour – †

† À son ami·e à la Haskell Indian Nations University, Kansas, 17 octobre 1918. Bureau des Affaires indiennes.

[NÔTRE]

Pour accorder le respect qu'il se doit
Aux nègres -
Au Père mort.
Ne venez pas les chercher.
C'est notre opinion -
Comme ils sont donnés
Par le testament, le mot.
Tous les nègres étant considérés comme des Dettes,
Dont une partie nous revient de droit.
Une sorte de rhume épidémique
A saisi chaque entreprise &
Établissement que notre santé affectait,
Nous nous sommes remis,
L'incision faite
Par cet impost-
Hume a été soignée.
Joignez-vous à nous dans chaque bien‡.

‡ Lettre de George Washington à Betty Washington Lewis, 12 octobre 1789. Archives nationales.

SELMA EPP

Ils se tenaient à distance.
Contaminaient les leurs.
Les gens espéraient –
Dieu, emporte la maladie.
Tout le monde était

De plus en plus faible.
Les plus forts portaient
Tout le monde.
Protestation.
Daniel avait deux ans ;
Il n'était qu'un petit garçon.
Son corps l'a emporté[§].

§ Témoignage de Selma Epp, une enfant qui vivait dans un quartier juif au nord de Philadelphie pendant l'épidémie de grippe de 1918.

LA FAMILLE DONOHUE

Habituellement les gens
        Tombent
Les gens   meur
Les gens   n'auraient pas dû mourir.
Pour la plupart des immigrants.
Ces gens sont venus Terre promise.
Ils arrivaient juste

& ils ont été

Détruits[¶].

¶ Témoignage de Michael Donohue, dont la famille gérait une entreprise de pompes funèbres quand l'épidémie de grippe de 1918 a frappé.

ARCHIVES DE LA FAMILLE DONOHUE

Notre époque commune peut dire
Qui était une personne,
Où elle a vécu, de quoi elle est morte.
Mais nous devenons négligents
& perplexes, biffés,
Gribouillés dans les marges –
Il est presque impossible de retracer
La tragédie & l'émoi.
Nous ne l'avons pas fait.
Nous avons inhumé des gens que nous connaissions.
Nous avons inhumé des inconnus.
Une fille.
Prendre soin des gens
Était dicté par la décence.
Nous avions une responsabilité.
Gribouillé tout en bas
La « fille »,
« Cette fille a été enterrée dans la fosse ».
Cette fille était notre fosse.
Où d'autre la mettre**.

** Donohue à propos de ses archives familiales.

PUTSCH À DC

Le
Cap
itole
pour
rait
sentir la
tension qui
vibrait dans l'air de
l'horrible nuit quand le
pire était encore à venir – Wash
ington a illustré l'horreur pure et simple
d'aller vers quelque chose, nous ne savions
pas quoi. Nous avons vaqué calmement –
tristement & entièrement. Nous avions fait
l'expérience d'émotions variées en bâtissant la nation,
mais nulle comparable à celle-ci. Il nous était presque imp
ossible de tenir pour vrai que des hommes & des femmes
avaient pris d'assaut, pourchassé, traîné, battu & tué à l'ombre

du dôme du Capitole, juste devant les grilles de la Maison-Blanche. Nous nous étions attendus à voir les gens pris de panique ; nous avons été terrifiés & effrayés. Bien que quelques coups de feu aient déchiré la nuit, nous avions pris avec détermination la décision de défendre & protéger nos foyers & cette détermination nous a apaisés. Néanmoins, une tension sauvage propageait des choses terribles - quoi qu'elles pussent être, le peuple était décidé à se rassembler. L'obscurité avait quelque chose à voir avec les choses qui s'étaient effectivement produites. La cause des émeutes - Il semblait évident que c'était le plan - semait les graines d'une révolte raciale par les actions prises à l'encontre des victimes. Le Capitole s'est penché sur les causes non seulement locales, mais nationales des troubles. La violence des émeutiers assurée à partir de ces années-là - promesse qu'elle s'enfanterait elle-même. Washington, pendant tout ce temps peut-être, était comme frappée de mutisme ; un mot effrayé de part en part. Les Blancs ont repris l'agression. Surprise. La nuit est retombée, animée, mais pas déprimée ; une émeute épaulée par les forces de l'ordre aurait pu être pire. Courez mais combattez - pour défendre nos vies. Sentez l'impact qui renverse tout le pays[‡‡].

‡‡ Tiré de l'article « Les émeutes. Une enquête de la NAACP », écrit par James Weldon Johnson dans *The Crisis*, le magazine de la NAACP (National Association for the Advancement of Colored People), en 1919.

Les soldats (ou Plummer)

.–.. . ... / ... ––– .–.. –.. .– – ...

Ô combien fidèle à la vie,
Tout cela est trop vrai… Tu chantes le sort des Achéens,
Tout ce qu'ils ont accompli et souffert, quand ils étaient soldats,
Comme si tu y étais ou si tu avais entendu le récit de quelqu'un qui y était.

L'Odyssée, traduit en français à partir de la traduction anglaise de Robert Fagles

Roy Underwood Plummer (1896-1966) est né à Washington & s'est engagé dans l'armée en 1917. Le caporal Plummer a servi en France dans la compagnie C du 506e bataillon du génie, qui construisait des routes, des fortifications & accomplissait d'autres travaux manuels essentiels à l'armée. Environ 160 000 soldats afro-américains ont servi dans les troupes du service de ravitaillement, facilitant ainsi les déplacements & l'approvisionnement des troupes de combat blanches.

Plummer a méticuleusement tenu un journal pendant toute la durée de la guerre. Son passé d'employé de bureau est bien illustré par sa maîtrise de la grammaire (souvent, il rature ou se corrige, comme s'il était conscient que quelqu'un d'autre le lirait), sa calligraphie impeccable & les descriptions claires et concises de ce qu'il vivait. Le journal de Plummer, conservé au National Museum of African American History and Culture, a été entièrement retranscrit & numérisé par le Smithsonian Transcription Center.

Après la guerre, Plummer est revenu à Washington & y a pratiqué la médecine pendant plus de quarante ans[‡‡].

‡‡ Voir légende p. 126-127.

Date 26/01/18

Appelé pour la première fois pour monter la

garde.

Lumineux clair de lune

Voici un poème.

Formez-nous à fuir la guerre

Comme si on pouvait.

Date 02/06/18

Il y avait cette clause : « La déambulation

de soldats blancs en compagnie de femmes

de couleur ou de soldats de couleur en

compagnie de femmes blanches est strictement

prohibée dans l'enceinte de ce camp. »

Les Blancs sans mélanges.

Race lançant mille fouets.

Nous saignons la nuit.

Date 30/09/18

L'épidémie de grippe espagnole fait rage.

À présent, nous avons hospitalisé 4 hommes

qui l'ont contractée et il paraît que

7 hommes en sont morts en une nuit.

On entend qu'ils toussent

Puis le calme raide et lourd

Quand la toux se tait.

Date

Dieu, la symétrie.

Quand ils toussent dans leurs tombes

La vie prend le souffle.

Date 03/11/18

L'aube a tiré un rideau qui masquait dans

ses plis un lieu qui semblait vraiment

digne du ~~nom~~ terme « oublié de Dieu ».

On n'a qu'une vie,

Mais rien n'est jamais promis,

Pas même la terre.

Date

Restons un moment

Car ils nous tuent moins ici

Qu'ils le font chez nous.

12/1918

Friction entre les races. Bien que les troupes de couleur ne soient pas équipées d'armes à feu, d'après tous les rapports, elles ont affiché le plus grand courage et de la détermination face aux marines. Il semble que l'incident a commencé dans un café quand un sergent des marines a fait une remarque qui n'a pas plu aux « garçons » de couleur qui se trouvaient là et que cela s'est terminé par une cuisante défaite du sergent.

Alors le sergent en a informé ses hommes et les a incités à se battre. Les marines, semble-t-il, ont commencé à passer à tabac sans discrimination chaque soldat de couleur ~~que~~ qui se trouvait être seul et les garçons de couleur leur ont rendu la pareille. Un soldat de couleur de la Co. « A » 506, ayant pris un coup de baïonnette au cours de l'échauffourée, est mort à l'hôpital environ une demi-heure plus tard. D'après les témoignages, 2 ou 3 soldats blancs ont été tués, et l'on sait qu'il y avait 3 ou 4 de leurs camarades blancs hospitalisés avec une « sale tête », comme dit Wilbur Halliburton. L'altercation a provoqué un sacré grabuge.

Compte rendu des batailles engagées

On est une émeute.

Noir aux reliefs brillants d'encre.

Voyez-nous saigner.

Si l'on doit mourir,

Mourons comme rien de moins

Que ce qu'on ~~est~~ était.

Date 04/01/19

Plus froid et extrêmement venteux.

Affichage des rapports de délinquance dans la matinée. Très occupé ces jours-ci, en fait, depuis 5 ou 6 mois. Beaucoup de rumeurs à propos d'un retour chez nous depuis que l'armistice a été signé.

La grippe nous tue -

Question : avons-nous vraiment

Gagné cette guerre.

Date

Compte rendu des batailles engagées

05/01/19

Sous la forme d'une sévère réprimande, ce
petit refrain me revient à l'esprit :

« Tiens pour perdu le jour
Où le soleil couchant
n'a perçu de tes mains
Aucun acte important. »

Néanmoins, ce jour-ci n'a pas été perdu,
dans aucun sens du mot.

Un acte se joint
À l'arsenal de nos mains.
Prêts, visez plus haut.

Date 20/01/19

Beaucoup plus froid. Épidémie, dont on dit qu'il s'agit de la « grippe » provoque des remous dans la Co. « A ». Beaucoup sont envoyés à l'hôpital.

Bouffées de nos vies,
Gargouillent dans nos poitrines,
Partantes et parties.

Date

Mourir éblouit ;
Ça ripe nos yeux, ils muent -
Astres sans regard.

Date 21/01/19

Un jour vraiment froid ; en fait, l'un des plus froids que j'ai pu vivre en France. La Co. « A », davantage touchée par l'épidémie, a été placée en quarantaine et un marine monte la garde autour des baraquements.

Atlas porte aussi.

Une raison pour mourir.

Hélas, on meurt vite.

Date 22/01/19

Aller au quartier général (Bn) pour travailler en matinée parce que les forces du quartier général sont en quarantaine.

Ils continueront de dormir.

Caboches couchées pour de bon.

La mort n'est pas un rêve bref.

Dédicaces de camarades

23/01/19

Plus de 60 hommes de la Compagnie « A » sont à l'hôpital de campagne, atteints par cette nouvelle maladie. Froid. La Co. « D » est aussi en quarantaine.

Nos désirs, enfuis.

Nous voulons rester en vie.

Qui le restera.

24/01/19

Toujours aussi froid, et l'épidémie continue de se propager, spécialement au sein de la Compagnie « A ». Notre compagnie fournit des masques en guise de mesure préventive.

Jardin aux os bruns

Rangs de tiges molles enfouies

On nourrit la terre.

Adresses d'amis au pays

26/01/19

À ce jour, 116 hommes de la Co. « A » sont
à l'hôpital. Le décès de 2 d'entre eux
a été signalé ce matin. Un peu de neige
aujourd'hui, pas beaucoup.

~~Co.~~ America

On est « ce pour quoi on meurt ».

Dieu, c'est bien assez.

27/01/19

Un peu plus chaud. Notre compagnie est placée
en quarantaine et n'est autorisée à quitter ses
quartiers que pour le service.

3 ou 4 hommes pris d'une grosse fièvre.

Songer à ce qu'on
A vécu est un combat.
La mémoire en vrac.

Date 28/01~~/18/~~19

Les forces cantonnées au quartier général

sont revenues. Je suis relevé de mon

service au Qg. de Bn.

Quand nous l'écoutons,

La mémoire est un message

Dans nos corps ~~bataille~~ bouteille.

Oups, j'ai eu tout faux.

Un an tout faux, tout du long.

Le temps nous emporte.

Date

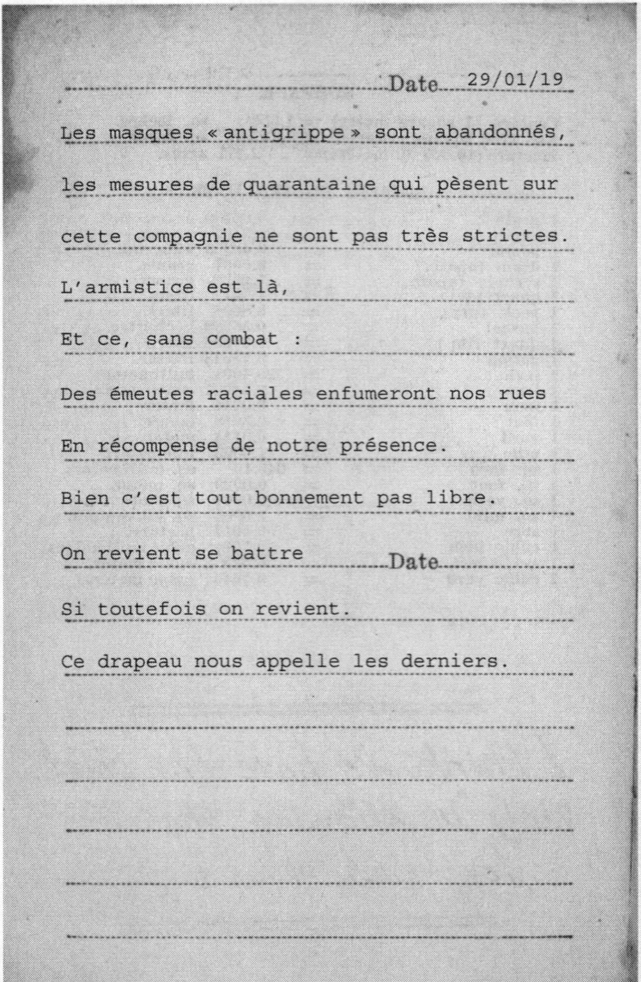
Date 29/01/19

Les masques « antigrippe » sont abandonnés,
les mesures de quarantaine qui pèsent sur
cette compagnie ne sont pas très strictes.
L'armistice est là,
Et ce, sans combat :
Des émeutes raciales enfumeront nos rues
En récompense de notre présence.
Bien c'est tout bonnement pas libre.
On revient se battre Date
Si toutefois on revient.
Ce drapeau nous appelle les derniers.

Les passages en prose sont les entrées originales de son journal, tandis que les vers sont de moi, là où j'imagine de nouvelles entrées. En donnant voix au caporal Plummer, je voulais trouver une forme qui incarne sa langue concise. Le papier à lignes en arrière-plan est une page vierge

Date 05/06/19

Libéré de mes obligations militaires. /

Achète billet pour Washington D.C.,

arrive / là-bas tôt le / matin du 6.

Date 06/06/19

Certains ont décidé de partir

Nous avons décidé de vivre,

En respirant une peau en conflit.

La vie nous coupe le souffle.

Des bateaux nous emmènent aux U.S.

Nos poignets encore enchaînés.

Nous lâchons nos armes, pas notre chagrin.

Grâce à nous le pays mérite qu'on se batte

pour lui.

numérisée du journal de Plummer. Le haïku convenait particulièrement bien – beaucoup d'entrées de Plummer comptent une à trois phrases, & le haïku est composé de trois vers, avec une métrique 5-7-5 qui exige une économie de langage.

LA GUERRE : QUOI, C’EST BIEN ?

.–.. .– / ––. ..– . .–. .–. . / ––.– ..– ––– .. / –.–. . ... – / –... .. . –.

À combien de papier-toilette,
De gel désinfectant,
Avons-nous droit ?
Au combat, tout,
Même l’espoir, est rare & rationné,
Transformant des camarades en concurrents,
Faisant des hommes des monstres.
Ce masque est notre Légion d’honneur.
Notre guerre est inscrite sur toute sa surface.

* * *

La grippe de 1918 a tué 50 millions de personnes (certains universitaires estiment que ce pourrait être 100 millions), bien davantage que la Première Guerre mondiale. Le nombre de victimes de la grippe était intrinsèquement lié à la guerre. Le déplacement de nombreux contingents de soldats à travers les continents contribua à la diffusion du virus ; pendant ce temps, des millions de civils étaient arrachés à leurs foyers. La grippe fut particulièrement dévastatrice au sein des communautés indigènes, qui avaient déjà tout juste survécu aux campagnes

de nettoyage ethnique. Peu importe ce qu'on nous dit,
la violence n'est jamais insignifiante.

* * *

La guerre, comme une baleine, est dévorante –
Tout passe dans les fanons de sa gueule.
Comme une baleine, un virus peut gober
Tout le globe.
La balle est une bête, tout comme nous.
Nos batailles invisibles
Sont les plus difficiles à gagner.

* * *

La première étape dans une guerre & une pandémie est la même :
Isolation, pour rompre le canal de communication du virus/de la violence.

Les Britanniques furent les pionniers en matière de coupure de câbles pendant la Première Guerre mondiale, en affectant le CS *Alert* au dragage des câbles sous-marins du télégraphe allemand. La censure exercée en temps de guerre entama également la communication & l'expression de la vérité ; en 1918, l'US Sedition Act rendit illégaux tous les discours ou expressions préjudiciables à l'image du pays ou à l'effort de guerre. Par crainte des sanctions, les journaux minimisèrent la menace du virus, refusant souvent d'imprimer les lettres des médecins qui mettaient en garde le public contre les rassemblements ou les voyages. Cette censure & cette désinformation ne firent que contribuer à propager davantage la grippe à travers le pays & le monde. Autodafé dans la gorge. Les mots aussi sont une sorte de combat, parce que nous devenons toujours ce que nous refusons de dire.

* * *

Après une dispute
Avec quelqu'un que nous aimons,
Nous avançons une question :
On est okay ?
On est bons ?
La Première Guerre mondiale était autrefois qualifiée de « Grande »,
Et surnommée « La Der des Ders ».
Ha.
Ce qu'on qualifie de « grand »
Est souvent grave & macabre,
Mais le « bon » est digne de nos mots.
Bon problème.
Bon combat.
Bonne volonté.
Bonnes gens.
Être bon c'est être plus grand que la guerre.
C'est être davantage que grand.

* * *

Le corps est un
Chaos ambulant de chair & d'os.
Les morts & les blessures dans les conflits armés
Sont qualifiés de « hasards de guerre », comme dans
« Par hasard » ou « par accident ».
Mais à la guerre, le bain de sang n'est pas dû aux balles perdues.
Peut-être que *hasard* signifie que la guerre elle-même
Est l'accident, une erreur manifeste,
Notre bon, gros, sacré *Oups !*

* * *

La deuxième étape dans une guerre & une pandémie
Est la même : la continuation,
Pour maintenir les modes de connexion & de communication restants. Pendant la Première Guerre mondiale, écrire des lettres à ceux restés au pays était encouragé au sein du personnel de l'armée & des volontaires à l'étranger afin de remonter le moral national. Les services postaux de l'armée britannique ont acheminé environ deux milliards de lettres pendant le conflit. Aux États-Unis, en 1917, le General Order N° 48 stipulait que « les soldats, les marins et les marines déployés à l'étranger ont le droit de poster des lettres "gratuitement" »... en inscrivant sur l'enveloppe *En service actif*... Pendant la guerre, l'A.E.F. Camp Crane à Allentown, en Pennsylvanie, rapporta que son bureau

de poste distribuait près de 70 000 courriers par semaine. Le civil resté au pays est un stylo. À nos stylos. Nous jurons que nous serons sages.

* * *

Écoutez attentivement.
Vous écoutez ?
Il n'y a pas de guerre douce.
Il n'y a pas de paix
Qu'on ne puisse mettre à bas.
Notre unique ennemi est celui qui voudrait
Faire de nous des ennemis l'un pour l'autre.

* * *

Courrier balourd ?
Ou plutôt courrier baleine.
C'est l'unique chose
Avec une gueule assez grande pour parler
Quand il ne nous reste plus rien
À dire. Tout ça pour dire,
Qu'écrire nos histoires
Est un service essentiel.
C'est ainsi que nous partons en guerre.
Plus important encore,
C'est ainsi que nous y mettons un terme.
Nous sommes toujours prêts à croire
Que la paix est un endroit sur Terre.

* * *

Un siècle après la Première Guerre mondiale, en 2020,
les cartes de condoléances sont en rupture de stock.
Une majorité d'utilisateurs des services postaux américains
déclarent que recevoir des lettres leur remonte le moral & un
sur six a envoyé davantage de courrier pendant la pandémie.
Dans les périodes de pandémie, tout est rare sauf le chagrin.
Écrire, se dire la vérité les uns aux autres, c'est un acte
générateur d'espoir au moment où l'espoir est des
plus difficile à trouver. Quelle place avons-nous dans
nos histoires hormis le présent.

* * *

Ouverture :
Le trou dans l'œil
À travers lequel la lumière passe.
Le mot *paix* partage une histoire
Avec *pacte*. C'est-à-dire que l'harmonie
Est un lendemain sur lequel nous tombons d'accord.

Nous sommes davantage conditionnés
À la contagion qu'au combat.

Mais un virus, tout comme une guerre, nous sépare
De nos concitoyens.
Pourtant, si nous le voulons, l'entaille
Peut être une ouverture, le trou
À travers lequel nous atteignons l'essence
L'un de l'autre.

Un virus est combattu en nous,
Tandis que la violence est combattue parmi nous.
Dans les deux cas, notre triomphe n'est pas de conquérir les autres,
Mais de conquérir les plus destructifs des agents
& des instincts que nous portons
À l'intérieur de notre enveloppe mortelle.
La haine est un virus.
Un virus a besoin d'un corps.
Ce que nous voulons dire, c'est :
La haine ne survit qu'au sein des êtres humains.
Si nous devons lui donner quoi que ce soit,
Choisissons notre chagrin
& jamais notre peau.
Aimer, c'est peut-être simplement
Le combat de nos vies.

FELLOWSHIP

B Well

Le navire t'appelle homme. Balle, abstiens-toi d'aller dans
des lieux publics. Le service met bon ordre à tous les droits
civiques, les causes, les nations, notre forme. Ô ordre
si pervers promulgué dans beaucoup d'entre eux.
La démocratie avant la guerre.

B Well[§§]

§§ Lettre d'avril 1918 de Mrs. Ida B. Wells-Barnett, présidente de la Negro Fellowship League, à Woodrow Wilson, président des États-Unis. Dans cette lettre, elle proteste contre le Bulletin N° 35 du général Ballou pour la 92ᵉ division, Camp Funston, Kansas, qui interdisait aux officiers & soldats de couleur de fréquenter des lieux publics où ils n'étaient pas les bienvenus en raison de leur race. Archives nationales.

____ RIP ______ __
UN _____ RAFIOT

Fig. I.

un rafiot devait l'année dernière

L'acte insensible qui eut lieu

dans ce bateau suit le bateau & l'usage de l'homme le plus possible qu'on peut ranger dans

un vaisseau d'hommes c'est des hommes seuls les soulèvements sont davantage que

le reste. Les hommes portaient 351 le nombre d'hommes spécifié dans le plan 190.

Une différence de 161. Les femmes les garçons les filles ici se portaient les uns

les autres. Matin mort. La hauteur entre le pont & la plateforme 78,74 cm

un endroit où il faut s'allonger & respirer. Insensibles créatures

habituées dans leur pays à l'angoisse

Fig. III

Tombe malade meurt. Le privilège
d'être le petit espoir de
guérison. Le bateau meurtri &
plie les femmes les enfants les hommes
constamment enchaînés deux par deux ; chaque paire
s'élève, cet état soluté, fibre du changement,
sont forcés à sautiller dans leurs chaînes & ceci, par
des amis, est appelé danser. Porter cette chair humaine
semblera une fiction plutôt qu'une véritable
représentation de bateau. Un homme humain
voudra que la cicatrice soit décrite.

Fig. VII

c'est pas ceux qu'on voudrait qui souffrent.
Contrée & captivité restituent sang & lux,
un abattoir. L'imagination humaine a le
pouvoir de se voir emportée, restaurée. Il
s'est révélé fatal de ramper hors de ce remugle
infectieux depuis le fond d'une mer donnée.

Fig. V

Une plus grande proportion d'hommes est morte en UN an que pendant toute autre année.

Le temps passe

passage de

personne peuple

accroc charrié en ce

temps. L'humain

doit être univer

sel & pleuré,

un devoir moral

et religieux qui pourrait, sans exagération, être le plus grand sur Terre*.

Il est dit à raison que la mer est une tombe pour les hommes

* *Description d'un bateau d'esclaves*, Londres : imprimé par James Phillips [pour le London Committee of the Society for Effecting the Abolition of the Slave Trade (comité londonien de la société pour l'abolition de la traite des esclaves)], 1789. Deux panneaux. C'est peut-être la représentation la plus connue d'un bateau d'esclaves. Ces illustrations d'Africains réduits en esclavage et mis en boîte comme des sardines sont des plus reconnaissables, tandis que la description imprimée en dessous, qui est tout aussi atroce, reçoit rarement la même attention.

TUILES DE TEXTES : LES NOMS

Apprends ces vies touchées
Personne ne voulait plus te toucher, disais-tu
Tes amis étaient effrayés & ne pouvaient plus te serrer contre eux.
Le mot n'est pas dans mon vocabulaire
Effrayé est absent de notre vocabulaire
Le destin est-il dû à la peur
Nous ne le saurons jamais.
Tu le sais, non,
Même ceux que tu n'as jamais connus se souviennent de toi.

Nous ferons de notre mieux pour veiller
À ce que personne ne doive vivre sans amour
Sachez ce que c'est qu'être fui
Par les infirmiers & les amis, les employés de l'hôpital
Qui refusent d'entrer dans votre chambre
& quand ils le font, ils sont couverts d'une blouse & de gants
En plastique.

Veuillez ramasser les morceaux
Veuillez nous pardonner de nous être emportés.
Nous l'avons fait pour deux raisons -
Pour tous ceux qui ont été perdus
& tous ceux qui les ont perdus.
Pères, grands-parents, sœurs, frères,
Fils, filles, nièces, neveux, amants et amis
Si bons.
Nous pourrions changer les choses
Nous pourrions arrêter l'épidémie
Nous pourrions vous sauver
À la fin, bien sûr, nous ne pourrions pas
Prononcer ces noms trouvés par l'humanité.

Maintenant ne peut conjuguer l'amour au passé
Par-dessus tout, aimez - aimez beaucoup.
Si l'amour pouvait soigner !
Chaque jour lentement sans pouvoir respirer.
La vie vit encore.
Tu es nos souvenirs.
Se rappeler cet amour
C'était mourir.
Corps déformé
Respiration difficile
La solitude est une douleur sans fin.

On nous a empêché de voir
Voir pour faire son deuil
Nous avons essayé d'oublier.
Nous ne pouvons pourtant pas encore laisser tomber
Attendez
Souvenez-vous-en bien
Le meilleur moyen ce sont les poèmes
Souvenez-vous
Nous commencions
À danser vrai
Nouveau sens
Nouvel espoir
Nous avons entretenu cet espoir avec le reste.

Nous nous sommes levés & n'avons pas vu la mort.
Voyez-vous
Le monde s'adresse à ce qui nous attend¶.

¶ Ce poème documentaire a été réalisé à l'aide de lettres de contributeurs au Patchwork des noms pour les victimes du sida, chaque panneau étant cousu à la main par ceux qui rendent hommage aux victimes de cette maladie. Exposé pour la première fois en 1987, ce patchwork fait aujourd'hui partie du National AIDS Memorial. En 2021, il couvre une surface de plus d'un million de mètres carrés & comprend plus de 48 000 panneaux. D'après UNAIDS, de 27,2 à 47,8 millions de personnes dans le monde sont mortes de maladies liées au sida depuis l'émergence du virus.

RAPPORT SUR LA MIGRATION DES LIÈVRES

Bienvenue, migrants, à Panpax.

Comme vous le savez, Panpax, notre idyllique pays, a finalement rouvert ses portes aux étrangers. Nous sommes conscients que d'un autre côté, Pandem, votre nation, est aujourd'hui une misérable friche de maladie & de mort, dont les habitants sont surnommés les lièvres (un dérivé pandémien de « fièvres »). Nous avons entendu dire qu'à Pandem toute forme de rassemblement est interdite, et que ses résidents reclus ne partagent même pas les trottoirs, sans parler de respirer le même air. À Panpax, la vie sociopolitique est très différente & nous sommes conscients que c'est la raison pour laquelle vous autres lièvres êtes si nombreux à débarquer ici pour chercher refuge & refuge, un chemin à suivre, vous trouverez. Les commissaires de Panpax City ont procédé à une série d'interviews afin de documenter l'expérience transitionnelle unique des réfugiés pandémiens qui vivent aujourd'hui à Panpax. Nous espérons que ces réponses concises vous aideront à vous acclimater à notre opulente nation. Afin de préserver leur vie privée, les noms des lièvres interviewés ont été remplacés par leurs numéros respectifs.

Cordialement,

Pacte du président de Panpax

SONDAGE

Les migrants ont été chez eux & rencontrés là. Des efforts ont été consentis pour comprendre pourquoi ils sont venus à Panpax & s'ils se sont vraiment transformés en personnes nouvelles.

Certaines réponses aux questions posées sont données :

Question : Que faites-vous maintenant à Panpax ?
Réponses :
1. Regarder.

Question : Comment vous êtes-vous senti ces derniers temps ?
Réponses :
2. Fatigué.
19. Fatiguée.

Question : À Pandem, de quoi aviez-vous envie ?
Réponses :
10. De changer.
20. De m'enfuir.

Question : Non. À Pandem, de quoi aviez-vous le plus envie ?
Réponses :
5. Des autres.

Question : Ressentez-vous une liberté & une indépendance plus grandes à Panpax ? En quoi ? Que pouvez-vous faire aujourd'hui que vous n'étiez pas en mesure de faire avant ?

Réponses :

1. Oui.
2. Oui.
3. Fréquenter des lieux de loisir & de vie.
5. Oui. Aller où on a envie d'aller ; pas besoin de regarder, échapper à la rue.
6. Oui. Simplement éprouver un sentiment de bonne camaraderie.
8. Oui. Je peux aller partout où je veux. À Pandem j'étais enfermé & pas soigné.
9. Oui. Le privilège de me mêler aux gens ; je peux aller dans les parcs & les lieux de vie.
11. Oui. Si vous alliez chez un glacier prendre quoi que ce soit, vous deviez ressortir pour manger. Dégager du trottoir pour laisser passer les gens.
12. Oui. Un sentiment de liberté ; je n'ai plus aucune peur.
16. Oui. Je me sens davantage un homme. C'est comme l'esclavage, d'une certaine manière, à Pandem. Je n'ai pas besoin de descendre du trottoir comme à Pandem pour laisser passer les gens.
17. Pas de restrictions pour les spectacles, les écoles, etc.
20. À Pandem, je ne comptais pas ; les gens n'ont droit à aucune liberté à Pandem.

Question : Quelles ont été vos premières impressions quand Panpax a ouvert ses portes & que vous avez migré ?

Réponses :

1. L'atmosphère dynamique.
3. Plein de vie, je suis allé visiter les lieux touristiques tous les soirs pendant un mois.
4. Je pensais que c'était un endroit génial mais j'ai découvert que ce n'était pas le cas. Ce que je vis n'est rien d'autre qu'un gouffre. J'aimerais retourner au pays, c'est sûr.
5. Quand je suis sorti dans la rue & que j'ai vu les gens se côtoyer j'ai juste retenu mon souffle, parce que je pensais qu'à tout moment ils pouvaient détaler, puis j'ai vu que personne ne me remarquait & j'ai simplement pensé que c'était un véritable endroit pour les gens. Non, vraiment, je ne me consacrerai jamais plus qu'aux miens.
6. J'étais complètement perdu, un ami devait venir me chercher mais ne l'a pas fait & j'avais
   peur   où aller   tellement de bruit
   en courant je me repose.
8. J'ai toujours aimé Panpax, rien que le nom, avant d'y venir.
13. J'ai pensé que c'était un bon endroit où vivre pour les gens.
15. Je n'ai pas aimé ; je me sentais seul, jusqu'à ce que je sorte. Ensuite, j'ai aimé les endroits où il n'y avait aucune restriction.
16. Je l'aime encore plus maintenant.
17. Je pense que je l'aimerai plus tard.

Question : En quoi la vie est-elle plus difficile ou plus facile à Pandem qu'à Panpax ?

Réponses :

4. Plus facile, elle a davantage de sens.

7. Je gagne de l'argent, mais je dépense tout pour vivre.
8. Je trouve plus facile d'y vivre parce que je n'ai pas le choix.
10. La tension n'est pas aussi forte.
11. C'est plus dur ici qu'à Pandem.
13. Plus de travail, le travail est plus dur. Les contraintes de la vie.
14. Moins d'heures.
15. Je préfère être ici qu'à Pandem. Je fais moins d'heures ici.
17. La vie est plus facile à Panpax.
20. Toute la famille pense que la vie est beaucoup plus facile à Panpax que partout ailleurs.

Question : Qu'aimez-vous à Panpax ?
Réponses :

1. La liberté... mais ce n'est pas toujours un endroit sûr.
4. La liberté qu'on vous accorde en toute chose.
7. Le travail, on peut travailler partout.
8. Les écoles pour les enfants.
9. La possibilité qu'ont les gens de vivre.
10. Le caractère amical des gens, la meilleure santé.
13. Le droit de vivre.
14. La possibilité de vivre en paix ; sans être rabaissée.
18. Les gens vivent & vont dans plus d'endroits qu'au pays.
19. Les infrastructures industrielles & scolaires.
20. Je n'ai encore rien trouvé que je puisse aimer plus qu'avant.

Question : D'après vous, quelles difficultés rencontre une personne de Pandem en venant à Panpax ?

Réponses :

3. S'habituer à vivre ; ne pas laisser la vie s'enfuir et vous emporter.
4. La proximité.
5. Bondé.
6. S'accoutumer aux gens.
7. S'habituer aux façons des gens.
9. Je ne vois aucune difficulté qu'une personne de Pandem pourrait rencontrer en venant à Panpax.
10. Les gens se rencontrent volontiers.
12. L'ajustement au travail.
13. Les changements de climat.
14. Le changement de climat, la foule, le manque d'espace.
16. Savoir où ils vont s'arrêter.
18. S'ils savent ce qu'on risque quand on se mêle aux gens.
20. Si des personnes savent ce qu'elles sont, et sont déterminées à s'installer.

Question : En quoi votre temps libre à Panpax est-il différent de ce qu'il était à Pandem ?

Réponses :

1. Les achats de vêtements. Ici, vous pouvez essayer les choses ; vous pouvez le faire dans les magasins.
2. Vous pouvez aller pratiquement partout.
3. Je vis plus, je ressens plus.
4. Oui. Ma femme peut essayer un chapeau & s'il ne lui plaît pas elle n'est pas obligée de le garder ; je peux aller partout où je veux.
5. J'ai pas peur de monter en voiture & je m'assois où je veux.

6. Ici, il y a tellement d'endroits où aller, mais à Pandem vous travaillez, travaillez, travaillez & vous économisez & vous n'avez aucun endroit où dépenser tout ça.
7. Je ne sors pas beaucoup mais j'aime bien savoir que je le peux où & quand je le souhaite.
9. À Pandem, j'allais pas aux rares endroits où les gens avaient le droit d'aller. Ici, les lièvres ont le droit de vouloir.
11. J'ai plus de confort chez moi que je pouvais pas avoir au pays.
17. Oui, plus d'endroits où aller, des parcs & des aires de jeux pour les enfants.
19. Aucun commentaire.

Question : Dites-vous à vos amis que ce serait mieux s'ils venaient à Panpax ?

Réponses :

1. Oui. Les gens ne croient pas vraiment les choses que nous leur écrivons, je n'y croyais pas moi non plus avant d'arriver ici.
2. Non. Je ne vais pas les encourager à venir, parce qu'ils pourraient ne pas y arriver.
6. Oui. J'ai deux sœurs. J'essaie de les faire venir ici. Elles n'arrivent pas à comprendre pourquoi je reste, mais elles comprendront si elles viennent.
7. Les gens ne se rendent pas compte à quel point certaines choses étaient horribles là d'où nous venons ; ici, les gens n'ont pas peur de respirer.
8. Veux faire venir ami & mari ; aussi la famille qui veut voir à quoi elle ressemble avant qu'ils se séparent. Le plus jeune fils supplie la mère de plus jamais songer à repartir.

On n'a trouvé que quelques migrants à être venus librement. Rares sont ceux à avoir exprimé le désir de repartir.

Les réponses utilisées dans le poème ci-dessus ont été tirées de *The Negro in Chicago*, un rapport de 1922. Ce document est une étude sociologique minutieuse conduite par la Commission on Race Relations (la commission sur les relations interraciales) de Chicago afin de comprendre les causes & les effets des émeutes raciales qui ont dévasté cette ville en 1919, l'un des nombreux pics de violences durant ce qu'on a appelé « l'été rouge ». Ce conflit a entraîné la mort de vingt-trois Afro-Américains & de quinze Blancs, plus de cinq cents blessés & au moins un millier de sans-abri. Dans le cadre du suivi de leur étude, la Commission a interviewé des Afro-Américains qui avaient quitté le Sud des lois Jim Crow pour s'installer à Chicago. Le poème précédent, à partir de « SONDAGE », réadapte le texte de ce rapport. Il utilise des fragments de réponses faites par ces migrants, dont certaines parties ont été extraites & effacées pour créer un nouveau poème. Les termes *Nord* ou *Chicago* ont été remplacés par *Panpax*. *Au pays* ou le *Sud* par le mot *Pandem*. *Lièvres* a remplacé *Nègres*. Les chiffres qui identifient les interviewés correspondent à ceux figurant sur les réponses dans le document original. Certaines questions ont été en partie préservées (par exemple : « Ressentez-vous une liberté & une indépendance plus grandes à Chicago ? En quoi ? » est devenue « Ressentez-vous une liberté & une indépendance plus grandes à Panpax ? En quoi ? »).

Panpax est la combinaison de *pan*, un préfixe grec qui signifie *tout*, & de *pax*, le mot latin qui veut dire *paix*.

Ce poème & sa douleur sont à la fois imaginés & aussi réels que nous le sommes. C'est-à-dire qu'à travers certaines fictions on trouve des faits ; dans certaines fantaisies nous nous découvrons & parfois même plus. Même lorsque nous ne l'avons pas vécu, un souvenir peut vivre en nous. Le passé n'est jamais disparu, simplement pas encore retrouvé.

Le chagrin, comme le verre, peut être à la fois un miroir & une fenêtre, il nous permet de regarder à l'intérieur & à l'extérieur, alors & maintenant & comment. En d'autres termes, nous devenons un vitrail de douleur. Ce n'est que quelque part dans la perte que nous trouvons la grâce de lever les yeux & de poser notre regard hors de nous-mêmes.

_ _ _ [CRIM] _ _ _ _

Ha, nous sommes si affligés,
Que nous avons probablement pensé
Que ce poème parlait de nous
& non d'un autre. Nous comprenons à présent
Qu'il s'adressait aux deux - à nous tous
Qui avons été altérés.
Où nous sommes n'est pas moins important
Que d'où nous sommes.
Être hanté c'est être harcelé
Par une histoire qui nous heurte encore,
En quête de guérison autant que nous le sommes.

& juste comme ça, à travers la poésie,
Nous avons rappelé ce qui n'était pas nôtre,
Rendu le passé semblable à notre peine.
C'est peut-être notre seule façon d'apprendre.

* * *

Nous avons vécu des générations en quarantaine,
Bannis de chez les autres,
La vie enfermée à l'extérieur de nous-mêmes.

Qualifiez-nous de
Colomb-baisés,
Colombustible,
Colonisés,
Catégorisés,
Curetés,
Contrôlés,
Occis,
Conquis,
Capturés sur la côte,
Concaténés,
Contenus,
Concentrés,
Conditionnés,
Campés.

N'oubliez jamais qu'être seul
A toujours été un prix à payer pour certains
& un privilège pour d'autres.

Nous avons cédé
Des siècles de trottoirs,

Formés dans cette tradition
Avant même de l'avoir vécue -
Ce que signifie courber nos têtes
& faire place à l'orgueil d'un autre.
Ce pas cédé sur le trottoir
Était la concession d'un monde
À l'ancestral rite de passage blanc d'un autre.

* * *

Nous posons toujours la question de ceux qui sont venus avant.
Être sondé, alors, c'est avoir survécu.

Question : Pourquoi le poulet a-t-il traversé la route ?
Réponse : Parce qu'il y avait un Blanc qui la remontait.

* * *

La façon dont on nous déplace dit tout
De ce que nous sommes les uns pour les autres.
L'année dernière nous sommes entrés dans un ascenseur.
Nous avons poliment demandé à la dame blanche derrière nous
Si elle voulait bien prendre le suivant
Afin de préserver la distanciation sociale.
Son visage s'embrasa comme une croix dans la nuit.
Vous vous moquez de moi ? hurla-t-elle,

Comme si nous venions de déclarer
Ascenseurs réservés à nous
Ou *Les comme vous doivent entrer par l'arrière*
Ou *Interdit aux comme vous et aux chiens*
Ou *Nous avons le droit de refuser*
L'humanité à n'importe qui.
Soudain ça nous a frappé :

La raison pour laquelle les groupes privilégiés
trouvent si dérangeant de se plier à des restrictions
spatiales & personnelles.
Le faire implique que pour une fois ils doivent porter les
chaînes que leur pouvoir a mises au reste d'entre nous.

C'est renoncer à l'unique différence qui les maintenait
à l'écart & faisait ainsi d'eux des supérieurs.

Entre-temps, nous sommes restés chez nous pendant des générations, dis[crim]inés, privés d'accès aux parcs, privés d'accès aux aires de jeux, privés d'accès aux piscines, privés d'accès aux espaces publics, privés d'accès aux espaces en plein air, privés d'accès à l'espace, privés d'accès aux cinémas, privés d'accès aux centres commerciaux, privés d'accès aux toilettes, privés d'accès aux restaurants, privés d'accès aux taxis, privés d'accès aux bus, privés d'accès aux plages, privés d'accès aux urnes, privés d'accès aux bureaux, privés d'accès à l'armée, privés d'accès aux hôpitaux, privés d'accès aux hôtels, privés d'accès aux clubs, privés d'accès aux emplois, privés d'accès aux écoles, privés d'accès aux sports, privés d'accès aux rues, privés d'accès à l'eau, privés d'accès à la terre, privés enfermés empêchés évincés enfoncés rabaissés privés de vie.

On a demandé à certains d'expérimenter pendant un an une fraction / de l'exclusion que nous avons subie & cela a quasiment détruit tout ce qu'ils pensaient être. Pourtant, nous voici. Toujours en marche, toujours spoliés.

Être relégué aux frontières de l'existence est l'héritage des marginalisés.

Le non-être, c'est-à-dire la distance à la société – la distanciation sociale – est l'héritage même des opprimés. Ce qui signifie que pour l'oppresseur, la distanciation sociale est une humiliation. C'est être quelque chose de moins que libre, ou pis, quelqu'un de moins-que-blanc.

Car que porte la Karen à part son pouvoir faiblissant, mourant & désespéré ? Dangereux & ballant comme un pistolet pendu à une langue ?

Fondamentalement, le suprémacisme consiste à faire
n'importe quoi pour conserver l'unique vanité que l'on détient.
Même si cela implique de perdre son âme.
Cela signifie que vous ne devez pas porter le masque qui
vous sauverait, car cela voudrait dire que vous renoncez à un
privilège.
Cela implique, toujours, de choisir le poison de
  l'orgueil plutôt que la
  Préservation,

    L'orgueil plutôt que la
    Nation,

      L'orgueil plutôt que
      Quiconque ou quoi que ce soit.

Cette prise de conscience n'est pas nôtre.
Elle est.
L'art, si c'est un fait,
Est à la fois une méthode & une découverte,
Une réponse dans la question.
C'est ce qui est trouvé
& la façon dont on l'a découvert.

Quiconque a vécu
Est un historien & un artéfact,
Car il contient l'ensemble de son temps en lui.
La réconciliation est dans la recension que nous venons de faire.

S'il faut nous souvenir de quelque chose,
Que ce soit de nous souvenir.
Une route à suivre
S'ouvrira devant nous
Si nous continuons de
Marcher***.

*** À ce jour, les conducteurs ont sept fois moins de chances de s'arrêter à un carrefour pour un piéton afro-américain que pour un Blanc. Voir Courtney Coughenour *et al.*

Se déplacer en tant que piéton implique « des processus collaboratifs par l'intermédiaire desquels les usagers de l'espace public développent une confiance mutuelle ». Voir Nicholas H. Wolfinger.

Le fait de céder le passage sur les trottoirs & donc le pouvoir dans les espaces publics n'est pas un problème « noir » ou « historique », mais le socle du statut des interactions dans les espaces communs. D'après les chercheurs, les piétons afro-américains ou latinx ont tendance à céder le passage aux Blancs. Les femmes cèdent souvent le passage aux hommes & les femmes à la peau sombre aux femmes à la peau plus claire. Voir Natassia Mattoon *et al.*

DÉPLACEMENT

A.

Nous avons parcouru tout ce chemin,
Disons-nous,
Mais nous devons aller plus loin.
En physique, on nous enseigne que
Le déplacement & la distance diffèrent.
Le déplacement est simplement l'espace entre
L'endroit où un objet commence & où il finit.

A ____________________ B

Mais la distance est la longueur totale
Du chemin que l'objet parcourt :

A 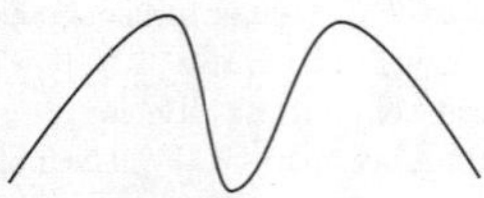 B

Sisyphe a beau pousser ce rocher
Sur sa butte boueuse,

Tout comme la route il dégringole encore.
Un poème & la façon dont il coule
À travers le corps avant de nous laisser
Dans un état légèrement supérieur à celui dans lequel nous étions.
Pour le dire simplement, la grandeur & la décadence ont de l'importance,
Liés, et non annulés,
Une expansion, et non un effacement.
Ce n'est qu'alors qu'on peut comprendre
Pourquoi ce que nous avons de pire en nous
Est à des siècles de distance & pourtant
Nous n'avons pas été déplacés.
Oui.
Nous sommes allés plus loin que là d'où nous sommes venus.

* * *

Une partie de nous-mêmes est encore barbelée
& barbare, un composé câblé de cupidité.
Il y a aussi l'élément
Guidé par le bien,
La façon dont notre sang
Circule dans la parenthèse de nos veines.
D'après la légende,
Nous avons en nous deux loups :
Une moitié qu'on doit combattre
& une qu'on doit nourrir.

Une qui doit chuter
& une qui ne doit jamais échouer.

B.

En cet été maudit
Nous étions enragés comme des chiens,
Mais être perturbé c'est être secoué,
Poussé vers le progrès.
Notre écœurement est une mesure
De la distance, un dégoût envers ce qui a été.
Il faut saisir que nous ne devons jamais retourner en arrière.
L'histoire est fracturée & fractale.
Même quand nous avons succombé,
Nous ne nous sommes pas rendus.
Nous pourrions tomber.
Nous pourrions nous élever,
Distants mais non pas déplacés,
Voyageant plus loin que nous ne dérivons.

Ce qui compte le plus c'est que
Nous nous retrouvions
Dans l'espace éclairé au 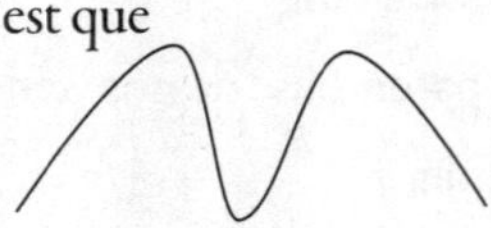 centre.

LA FUREUR & LA FOI

AMERICA™

Une maison divisée ne peut tenir debout. Être divisé, donc, c'est être dévasté.

Le fait est que notre pays compte rarement tous ceux qui sont

Importants. C'est pourquoi du rouge suinte de notre drapeau. Nous répétons que

La langue est importante. Depuis le début, les colonisés sont des noms composés :

Afro-Américains, Américains Asiatiques, Américains Natifs (apparemment

Il n'y a pas de Blancs Américains). Américains & adjectif. Américain &

Qualificatif. Le terme amputé(rre), démantelé, rayé & décapé.

L'effacement exige toute une vie d'entraînement. Comprenez-vous vraiment ce que signifie être ce corps dispensable.

Nous savons à présent ce qu'étaient ces sanglots. Le mouvement brusque de nos têtes, comme si nous émergions d'un rêve - ou d'un

Cauchemar. Décidez. *Ce n'est pas le pays que nous avons bâti, tout au plus la nation que nous avons connue. Sachez-le.* Oh, non.

C'est la nation que nous avons tissée. C'est notre droit de pleurer la blessure que nous avons toujours été. Un

Choc silencieux surgi de nulle part : Une main agrippée à une autre ou une tête reposant sur l'oreiller d'une épaule a plus de valeur

Que tout ce que nous avons gagné ou désiré. Quand on nous dira qu'on ne peut rien y changer, nous continuerons de faire du bruit.

LA FUREUR & LA FOI

On vous dira que ceci n'est pas un problème,
Pas *votre* problème.
On vous dira que ce n'est pas le moment
Pour qu'advienne le changement,
Que nous ne pouvons pas vaincre.

Mais le but d'une manifestation n'est pas de vaincre ;
C'est de s'agripper à une liberté promise,
Même sans la promesse d'une rapide victoire.

Cela signifie que nous ne pouvons pas résister à la police
Si nous ne cessons pas de policer notre imagination,
De convaincre nos communautés que ça ne fonctionnera pas,
Alors que le travail n'a même pas commencé,
Que ça peut attendre,
Alors que nous avons déjà attendu un millier de soleils.
À présent, nous comprenons
Que la suprématie blanche
& le désespoir qu'elle exige
Sont aussi destructeurs que n'importe quelle maladie.

Aussi, lorsqu'on vous affirme que votre rage est réactionnaire,
Rappelez-vous que la rage est notre droit.
Elle nous enseigne qu'il est temps de se battre.
Face à l'injustice,
La colère est non seulement naturelle, mais nécessaire,
Car elle contribue à nous emmener vers notre destination.

Notre objectif n'est jamais la vengeance, juste la réparation.
Non la domination, mais juste la dignité.
Non la peur, mais juste la liberté.
Juste la justice.

Que nous prévalions ou non n'est pas déterminé
Par tous les défis qui se présentent,
Mais par tout le changement qui est possible.

& bien que nous soyons inarrêtables,
Si un jour nous sentons que nous pourrions faillir,
Si nous sommes fatigués & fragiles,
Quand notre feu ne pourra plus être attisé par la fureur,
Nous serons toujours fortifiés par cette foi,
Trouvée dans l'hymne, le vœu :

Les vies noires comptent,
Quoi qu'il arrive.
Les vies noires sont dignes d'être vécues,
Sont dignes d'être défendues,
Sont dignes de chaque combat.
À ceux qui sont tombés nous devons cette lutte,
Mais c'est à nous-mêmes que nous devons de ne jamais rester à genoux
Quand l'instant nous appelle à résister.

Ensemble, nous imaginons une terre libérée, et non pas de non-droit.
Nous créons un avenir de liberté, et non pas sans défaut.
Encore & toujours, toujours & encore,
Nous gravirons chaque flanc de montagne,
Magnanimes & modestes.
Nous serons protégés & servis
Par une force honorée & honnête.
C'est plus qu'une revendication.
C'est une promesse.

ROSES

L'émeute est rouge
La violence bleue
On n'en peut plus de mourir
Et vous

LA VÉRITÉ DANS UNE NATION

La chasuble vert fluo caractéristique –
Son vélo, qui roulait tranquillement une seconde avant,
A dérapé pour s'ar rê t er

Comme la main d'un DJ sur sa platine.
Le chasseur a laissé sa marque.
Il a marqué le monde & l'a fait sien.
Mais nous n'avions rien à cacher,
Nous avons joué de notre innocence pour lui,
Nous l'avons exposée au grand jour comme un plateau sur un buffet.
Voici. Que vos yeux s'en repaissent.
Regardez.
Regardez.
Non, vraiment.
Nous avons beau avoir signalé
Que nous venions en paix,
Il était déjà en guerre.
Car ne le sommes-nous pas tous,
Toujours ?

Nous avons cligné les yeux, sous le choc,
Une biche devant un fusil.
N'a-t-il pas reconnu
Qui nous étions,
Qui il était ?
Une fille essayait simplement de rentrer chez elle
& d'être encore en vie pour en parler.
Dans un tel moment, nous voudrions désespérément
Grogner

Crier

Survivre.

Nous avons combattu durement pour être.
Rien –
& c'est bien ce que nous voulons dire, rien –
Ne peut vous mettre à l'abri.
Le silence moins que le reste.
Parlez avec cette vie gigantesque,
Car on ne nous accordera peut-être jamais
De nouveau ce même souffle.

* * *

L'orgueil froid d'une nation tuera,
Il nous étouffera à l'endroit même où notre ombre se pose.
On appelle aussi ça le Chauvin[isme].

Une telle peine patrouille avec un plan
Pratiqué, apaisé, codé, familier & non familial.
Nous serions avides de paix
Si nous savions ce que c'était.

* * *

Notre guerre a changé.
Quiconque a dit qu'on ne meurt jamais
Dans ses rêves n'a de toute évidence
Jamais été noir.
Parfois, le crépuscule tout entier nous tire vers le bas.

Parfois, dans l'épaisseur
Du soir nous disons notre nom
Encore & encore & encore
Jusqu'à ce qu'il perde toute signification,
Jusqu'à ce que ses syllabes soient simplement
Une autre chose morte.
C'est une sorte de répétition.

Nous restons immobiles,
Ne serait-ce que pour soutenir
Que nous existons
Encore.
Sous la capuche d'un cauchemar,
Nous nous ressuscitons.

* * *

Union de martyrs involontaires.
La mort n'est pas un niveleur,
La mort n'égalise rien,
Elle ramène à 0 une vie.
Telle est la mécanique de ce pays.

Quand les habitudes resurgirent,
La violence reprit aussi,
Normale dans son anormalité,
Complètement décomplexée.
& alors nous étions dé-congelés,
Nos épaules ne se souvenant plus
De la façon de frissonner
Après avoir vu nos corps

Étripés.

R.I.P.

Ravagés *In Pandemia*.

Rayées, Innocentes Personnes.

Ruinés, Irremplaçables Peuples.

Ayez l'air vivant, tout le monde.

* * *

Poser une question

C'est lever la main

& nous préparer à la fin.

Une réponse est un assaut.

Elle peut vous frapper à mort.

Pouvons-nous vous dire quelque chose ? demandons-nous.

Feu ! claque la réponse.

Ô combien nos bien-aimés sont assiégés.

Nous avons beau avoir tant prié,

Tout le monde devient une proie

            Quand iel ne fait pas

Volte-face & s'enfuit.

De nos jours, vivre

Est un art moribond.

* * *

Nous avons été conduits ici
& nous n'avons eu que ce tee-shirt pourri,
Ce mal soporifique, gratuit.
Goûtez notre rage exténuée, intacte.
Rien de ce dont nous avons été témoins
Au cours de cette vie ne nous surprend.

L'incrédulité est un luxe
Dont nous n'avons jamais profité,
Une pause que nous n'avons jamais faite.
Combien de fois avons-nous eu du mal à respirer
Une peur qui a duré toute la nuit.
La vérité c'est, une nation sous l'autorité des armes.

* * *

Cette république a grandi en eaux troubles.
Un pays d'armes & de germes & de vol
de la terre & la vie.
Ô comme nous voyons
Le sang sur lequel nous nous tenons,
Qui brille sous nos pieds
Comme une étoile poissée de sang.
Ce que nous aurions pu être si seulement nous avions essayé.

Ce que nous pourrions devenir si seulement nous écoutions.
* * *
La Bannière étiolée.
Des écoles mortes de peur,
Des exercices scolaires qui t'enseignent la mort.
La vérité c'est, une nation sous les bureaux d'écoliers,
Accroupis pour esquiver les balles.
Bientôt vient le grand plongeon
Quand nous devons nous
Demander où nos enfants
Vivront
& comment.
        & si.

Qui d'autre laisserons-nous périr.
* * *
Encore une fois, la langue est importante.
On a enseigné aux enfants –
L'Amérique : sans elle, la démocratie échoue.
Mais la vérité c'est :
L'Amérique sans sa démocratie échoue.

Nous pensions que notre pays brûlerait.
Nous pensions que notre pays apprendrait.

America,
Comment chanter
Notre nom,
Singulier,
Signé,
Calciné.

La cendre est alcaline, ce qui signifie basique.
Ce n'est que trop vrai.
Brûler est peut-être la purification
La plus basique qui soit.
Le temps a dit : *Vous devez vous transformer pour survivre.*
Nous avons répondu : *Il faudra nous passer sur le corps.*
Comment appeler un pays qui se détruit
Lui-même simplement parce qu'il le peut ?
Une nation qui préfère s'embraser
Plutôt que se transformer ?
Nous n'avons qu'un seul terme pour ça :
Chez nous.

* * *

L'obsession a plus d'une nuance.
Nous voulons croire que
Ce dont nous nous soucions peut durer.

Nous voulons croire.

La vérité c'est, nous sommes une nation, sous l'autorité de fantômes.

La vérité c'est, nous sommes une nation, sous l'autorité de la fraude.

Dites-nous, honnêtement :

Serons-nous jamais ceux que nous prétendons être.

* * *

Le monde nous terrifie encore.

On nous enjoint d'écrire sur ce que nous connaissons.

Nous écrivons ce qui nous effraie.

Ce n'est qu'ensuite que notre peur

Est amoindrie par ce que nous aimons.

Chaque seconde, ce que nous ressentons

Pour notre peuple & notre planète

Nous met quasiment à genoux,

Une compassion qui nous détruit presque

De toute sa masse.

Il n'y a pas d'amour pour ce monde ou en ce monde

Qui ne semble à la fois brillant & insoutenable,

Insupportable.

* * *

Nous avons bâti ce lieu,

En sachant qu'il pouvait diriger,

En sachant qu'il pouvait ne pas perdurer,
En sachant qu'il pouvait perdre.

Notre peuple,
Nous te prenons pour le malheur & pour le pire,
Pour t'aimer & te changer,
Dans la maladie & dans la santé,
Jusqu'à ce que le souffle nous sépare.
Comment nous prononçons-vous,
Terre & Guerre ?
Nos mains ne doivent pas délaisser
Ce qu'elles ont débuté.
* * *
Jeune, semble notre pays,
& titubant, mais frappant,
Comme un lion apprenant à marcher.
Une nation aux pattes maladroites.

Ce que nous n'avons pas fait délicatement,
Faisons-le au moins décemment & délibérément,
Car il y a encore ici une promesse
Que nous avons promise ici entre tous lieux possibles.
* * *

Certains jours nous ne croyons
En rien
À part la croyance. Mais
Ça suffit pour aller de l'avant.

Nous croyons que nous pouvons nous transformer
Sans guerre ni méfiance.
Nous sommes obstinés, pas obtus.
Stratèges, comme un général qui voit
Qu'il ne pourra peut-être pas gagner cette bataille.
Nous sommes optimistes, non parce que nous entretenons de
l'espoir,
Mais parce que ce n'est qu'en étant optimistes que l'espoir
Peut nous revenir.

* * *

Le chagrin est dépendant de l'amour.
Ce que nous chérissons le plus s'en ira,
Mais ce que nous avons changé peut durer,
Par adhésion & par choix.

Nous nous imaginons nous-mêmes
& tout ce que nous nous ferons l'un à l'autre ;
Nos visages humides & chatoyants
Comme une plaie à vif,

Aveuglés par l'éclat
De notre moi tout neuf.
La vérité c'est : un monde, en admiration devant ses merveilles,
Une révélation brutale.
Que cette prière,
Un peuple,
Une paix,
Une promesse,
Soit nôtre.
Qu'elle reste droite
& rayonnante
& réelle.

LIBATIONS

D'après Layli Long Soldier

Aujourd'hui

tandis que

nous écoutons parlons avec

le passé   la peine   la pandem

nous critiquons   nous continuons   nous courbons   nous bougeons

en nous rappelant   en renommant   en résistant   en réparant   en réveillant

notre monde   notre monde   notre monde   notre monde

comme des spectres comme des écorces comme des êtres

en desserrant   en éclairant

nos bouches

chez nous

RÉSOLUTION

LE MIRACLE DU MATIN

Nous pensions qu'à notre réveil le deuil régnerait sur le monde.
De lourds nuages qui s'amoncellent, une société qui gronde.
Mais quelque chose est différent, l'or dans l'aube abonde.
Une certaine magie dans la lumière, vaste & ronde.

Nous voyons un papa joggeur avec une poussette.
En face, un chien court sous le regard clair d'une fillette.
Une grand-mère égrène son rosaire devant sa porte.
Et sourit en voyant les courses que sa jeune voisine lui apporte.

Nous nous sentons petits & seuls, à l'écart peut-être,
Mais nous sommes un peuple aussi proche qu'on peut l'être.
L'inconnu : il ne s'agit pas de savoir *si* nous l'encaissons,
Mais *comment* le faire tous à l'unisson.

Alors, en ce matin plein de sens, nous pleurons & nous réparons.
Comme la lumière, incassables, même quand nous plions.

Unis, nous vaincrons la maladie & l'adversité.
Nous soutenons les soignants héroïques & tous les employés ;
Avec les familles, les bibliothèques, les écoles, les artistes, les
serveurs ;

Les plus touchés sont les commerces, les hôpitaux & les
restaurateurs.

Nous nous enflammons non dans la lumière, mais en son absence,
Car c'est dans la perte que nous apprenons vraiment à aimer.
C'est dans ce chaos que nous découvrirons la clarté.
Nous devons trouver la solidarité dans la souffrance.

C'est notre chagrin qui nous ouvre à la gratitude,
Il nous rend l'espoir quand l'espoir est en désuétude.
Alors assurez-vous que cette douleur n'a pas été vaine :
Ne l'ignorez pas. Donnez-lui un but. Servez-vous de cette peine.

Lisez des livres pour enfants, dansez tout seul sur des mix de DJ.
Sachez que cette distance rapprochera nos cœurs.
Le monde émergera plus fort de ce flot de malheurs.

Nous observerons comment les épreuves traversées par l'humanité
Sont des moments qui font de nous des êtres humains pleins
de bonté ;
Que chaque matin nous trouve plus proches & remplis de
courage ;
Suivons l'appel de la lumière tandis que le combat fait rage.
Lorsque tout sera terminé, nous sourirons en constatant
Qu'enfin nous sommes de meilleurs êtres, malgré la violence
des temps.

AUGURE
ou LES OISEAUX

Dans la Rome antique, les augures étaient des devins officiels,
Leurs yeux perçants interprétaient
Les présages & les taches d'encre
Des oiseaux dans le ciel.
Leur rôle n'était pas de prophétiser l'avenir,
Mais de déterminer si leurs dieux nouvellement nommés
Approuvaient une action avant qu'elle ne débute.

La seule façon de prédire correctement
L'avenir est de le paver,
          Est de le braver.
La casse est notre point de départ.
La rupture permet de se souvenir.
C'est-à-dire que
C'est ici que nous réprimons notre souffrance.
Nous inaugurons nos rêves au moment de la blessure.
Nous consacrons à la coupure.
Sous une suture de soleil,

Nous nous sentons remuer,
Doucement, gentiment,
Comme si c'était la première fois.
Tout ça a failli nous mettre en pièces.
Oui, vraiment.
Débuter nous déchire.

C'EST LA PRATIQUE QUI FAIT LES GENS

Les plans sur la comète,
Quand ce sera terminé,
Le *On a hâte,*
Les jointures de nos poings raclent
L'avenir, pour deviner
Ce qui pourrait se trouver sous sa coque.
Demain n'est pas révélé,
Mais plutôt rendu, raffiné. Forgé.
Rappelez-vous qu'on ne se bat pas contre le destin.
On se bat pour lui. Encore
& encore.

* * *

Peut-être n'y a-t-il pas de nouvelle sagesse,
Simplement de vieux malheurs,
de nouveaux mots pour les nommer
& la volonté d'agir.
Nous avons vu la vie faire un bond en arrière & tituber
Comme une chose qui vient de naître & apprend à marcher.
L'atmosphère chargée & changée.
Nous, chargés & changés.

Une éternité à trimer sous le joug
Jusqu'à ce que cette aiguille nous perce le bras.
Enfin : une douleur que nous avons souhaitée.
Oui, il est suffisant d'être ému
Par ce que nous pourrions être.

ANONYME

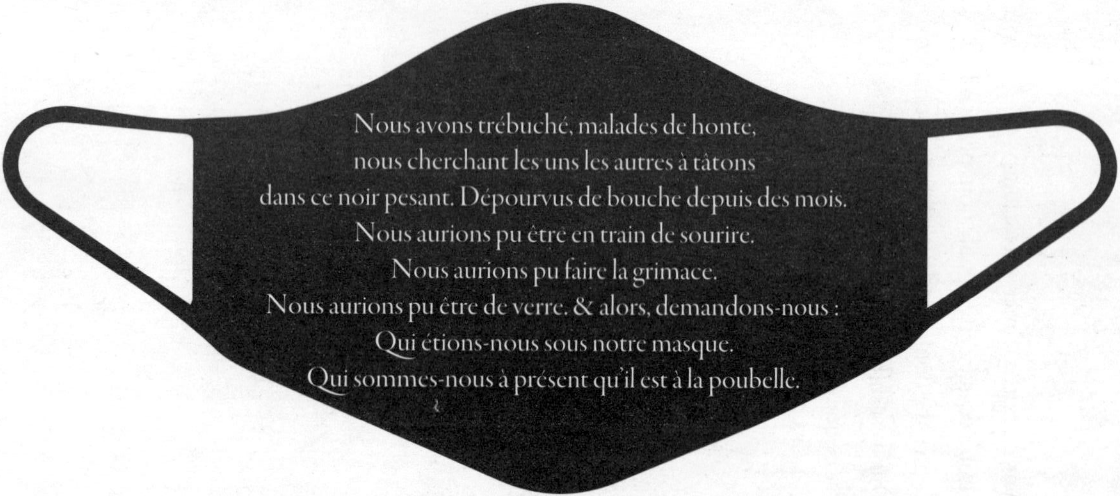
Nous avons trébuché, malades de honte,
nous cherchant les uns les autres à tâtons
dans ce noir pesant. Dépourvus de bouche depuis des mois.
Nous aurions pu être en train de sourire.
Nous aurions pu faire la grimace.
Nous aurions pu être de verre. & alors, demandons-nous :
Qui étions-nous sous notre masque.
Qui sommes-nous à présent qu'il est à la poubelle.

NOUS ÉCRIVONS

Nos mains se tendent vers un certain
Bonheur flou & lointain
& nous nous fendons, ouverts à une fragile
Absence de mal, pour brève qu'elle soit :
Toucher,
Se rencontrer,
Humaniser
De nouveau ; un émiettement d'anodines
Merveilles à revisiter.
Toutes ces bénédictions indicibles qu'on nous a confisquées –
Étreintes, espoir, émotions –
Finalement adorées de tous & méprisées de personne.
Il faudra toute une flotte
De mots pour revenir.

* * *

Alors une impulsion se forge dans nos gorges :
Nous ne clamerons pas
D'autre vengeance, même si nos doigts
En sont lourdement armés.

Ce sont les choix qui font le changement,
& le caractère qui fait les choix.
Accrochez-vous à tout ce qui nous fait commencer,
Même si c'est aussi informe que de l'écume.
Nous continuons d'espérer
Sans aucune raison.
Pour chaque raison que nous partageons.

C'est une perte, et c'est aussi logique,
Quand nous pleurons :
Que ceux qui sont inhumés ne nous quittent jamais
Mais nous conduisent à nous élever.
Nous avons vécu.
& nous n'en avions pas demandé autant.
Nous, aussi, devons hurler à en brûler.
* * *
Nous écrivons
Parce que vous pourriez écouter.
Nous écrivons
Parce que nous sommes perdus
& seuls,
& vous, comme nous,
Vous regardez
& apprenez.

MONOMYTHE

Un film, ce n'est pas ce qui s'est passé, un film, c'est une imitation de ce qui s'est passé.

Dustin Lance Black

SCÈNE 1 : LE MONDE CONNU

La partie du récit où nous voyons notre héros & comment iel voit le monde. Nous entendons « normal » en termes de ce qui, d'après nous, est un début d'histoire.

Déc. 2019 : Une nouvelle maladie, proche de la pneumonie, est identifiée à Wuhan, en Chine (& bien que nous ne le sachions pas encore, un patient traité en France fin décembre a aussi le coronavirus).

18 déc. : L'Australie connaît la journée la plus chaude jamais enregistrée, à la suite de son printemps le plus sec.

SCÈNE 2 : L'APPEL

Notre héros est semoncé par l'appel qui pointe au-delà de l'horizon. *Se lancera-t-iel*, songe le public en mâchant son pop-corn. Vous êtes le seul à pouvoir répondre.

Janv. 2020 : La saison apocalyptique de feux de brousse en Australie attire l'attention internationale. Au cours de cette crise, on estime que 18 millions d'hectares ont brûlé, que trente-trois vies ont été perdues & 3 094 maisons détruites. En janvier, le World Wildlife Fund a estimé que plus d'un milliard d'animaux avaient péri. Les incendies provoqués dans la forêt primaire amazonienne & la déforestation partout dans le monde continuent. En 2020, environ 10 900 kilomètres carrés de forêts - plus de deux millions de terrains de football américain - seront coupés.

30 janv. : L'Organisation mondiale de la santé (OMS) déclare une urgence de santé publique de portée internationale.

SCÈNE 3 : REFUS DE L'APPEL

Le héros rejette l'appel. Indolent, intimidé, ou les deux, iel n'est pas encore ce que l'histoire lui demande de devenir.

7 févr. : Le docteur Li Wenliang, un médecin chinois qui avait essayé d'alerter le public à propos du COVID-19, meurt après avoir contracté le virus. Début janvier, les autorités l'avaient forcé à signer une déclaration présentant ses craintes comme étant infondées. Faire des flashbacks pour à la fois entrouvrir le voile & jouer sur l'ironie dramatique.

SCÈNE 4 : LE MENTOR

Un professeur paraît, pétri de savoir, qui voudrait que notre héros apprenne ce qu'iel n'a jamais su, jamais remis en question.

Le docteur Anthony Stephen Fauci est sur le devant de la scène. Il prend la parole.

SCÈNE 5 : FRANCHIR LE SEUIL

Notre héros entre dans un nouveau royaume, le sentier sinueux, le passage périlleux. Pas de retour en arrière possible, ou nous tournerions le dos à nous-mêmes. Les ides de mars : le paquebot de croisière *Grand Princess* est retenu au large. En Italie, les gens chantent sur leurs balcons. Ici, la musique de la bande sonore, douce & indéfectible, joue de plus en plus fort. Le 11 mars, l'OMS déclare que le COVID-19 est une pandémie. Le 13 mars, Breonna Taylor, une ambulancière de vingt-six ans travaillant aux urgences à Louisville, dans le Kentucky, est tuée par des policiers pendant un raid bâclé à son domicile. Elle n'est pas la cible des policiers, et ladite cible n'était pas présente sur les lieux. Un total de trente-deux balles sont tirées par les armes de service des policiers. Il nous faut un certain temps pour apprendre le nom de Taylor & encore plus longtemps pour le dire.

Fermeture des frontières, distanciation sociale, confinement & quarantaine font partie du paysage. Dès le 26 mars, le nombre de cas d'infection aux États-Unis est supérieur à celui de n'importe quel autre pays, tuant de façon disproportionnée des personnes de couleur, de la classe ouvrière & des détenus. Au 12 avril, il y avait plus d'un million de cas répertoriés dans 171 pays. Près de 10 millions d'Américains perdent leur emploi. Faire des gros plans d'individus en train de piller du papier-toilette, d'enfants chez eux qui n'ont absolument rien à manger.

SCÈNE 6 : LE CHEMIN PLEIN D'EMBÛCHES

Les obstacles apparaissent à chaque étape, dressés comme des mauvaises herbes. Nous devons nous adapter, ou nous échouerons.

En mai, le Japon & l'Allemagne entrent en récession. Le nombre de cas augmente en Amérique latine, le nombre de décès aux États-Unis dépasse les 100 000, et demeure le plus élevé au monde. Nous cherchons désespérément à aplanir la courbe. Nous courber les uns contre les autres nous manque, ô combien.

SCÈNE 7 : L'ENGAGEMENT

La perte nous frappe, violente & irrévocable comme un coup de feu. Nous devons nous consacrer à nos morts, aller de l'avant puisqu'ils ne le peuvent plus.

25 mai : George Floyd, un Afro-Américain de quarante-six ans, est tué lors de son interpellation tandis qu'un policier s'agenouille sur son cou, sans tenir compte de ses appels à l'aide pour qu'on le laisse respirer.

26 mai : Des manifestations Black Lives Matter commencent à Minneapolis & s'étendent partout dans le monde. Partout, nous crions. Nous continuons de crier.

SCÈNE 8 : LA SITUATION SE CORSE

Une surprise, comme si vous baissiez subitement les yeux & voyiez un couteau sortir de vos tripes. Dans le jargon des scénaristes, on appelle ça un *twist*.

11 juin : Le nombre de cas de coronavirus en Afrique dépasse les 200 000.

10 juillet : Nous sommes paralysés & paramétrés. Les États-Unis atteignent la barre des 68 000 cas en une seule journée, explosant ainsi leur record journalier pour la septième fois en onze jours. Couper sur le plan large d'un drapeau arborant une médaille d'or rouillée.

13 juillet : À cette date, plus de 5 millions d'Américains ont perdu leur assurance maladie.

SCÈNE 9 : L'INSTANT LE PLUS SOMBRE

C'est indubitable : nous nous sommes mutuellement déçus de la pire des façons. Tout semble perdu. Nous sommes piégés dans un fossé ; même ramper est hors de notre portée.

22 août : Le nombre de décès imputables au virus dans le monde dépasse les 800 000. Corps après corps après corps après

Sept. 2020 : Les incendies en Californie, dans l'Oregon & dans l'État de Washington font de cette saison la pire jamais enregistrée en la matière, et en conséquence, la qualité de l'air dans ces États est l'une des plus dégradées de la planète (dans certaines régions de l'Oregon, la dangerosité de l'air est allée jusqu'à surpasser l'indice de la qualité de l'air). Les incendies ont dévoré plus de 4,1 millions d'hectares, détruit plus de 10 000 bâtiments & tué près de quarante personnes.

3 sept. : Le virus explose dans les universités américaines, totalisant plus de 51 000 cas.

7 sept. : L'Inde, avec plus de 4 millions d'infections, devient le deuxième pays en termes de nombre de cas répertoriés.

28 sept. : Le nombre de morts dans le monde passe la barre d'un million, un bilan sans doute sous-estimé.

11 oct. : La planète enregistre plus d'un million de nouveaux cas en trois jours.

SCÈNE 10 : LA PUISSANCE EN SOI

Le héros serre les poings. Quelque chose se comprime en nous comme un muscle, un souvenir tremblant nous rappelle qui & ce que nous sommes. La musique monte crescendo de nos os. Rien de tout ceci n'est normal. D'un autre côté, nous ne le sommes pas non plus.

7 nov. : Joe Biden gagne l'élection présidentielle américaine.

2 déc. : Le Royaume-Uni accorde au vaccin Pfizer contre le coronavirus une autorisation d'exploitation en urgence, devenant

ainsi le premier pays occidental à le faire & il commence les vaccinations le 8 déc.

6 déc. : Le COVID-19 dépasse les maladies cardiaques en tant que première cause de mortalité aux États-Unis.

11 déc. : La Food and Drug Administration accorde une autorisation en urgence pour les vaccins Pfizer & fera par la suite de même avec celui de Moderna, le 18.

14 déc. : Le nombre de décès passe la barre des 300 000 aux États-Unis. Sandra Lindsay, une infirmière aux urgences résidant à New York, devient la première personne du pays à se voir administrer un vaccin contre le COVID en dehors des essais cliniques. Elle décrit à quel point il était important pour elle, en tant que femme noire, de bénéficier de ce vaccin. Un gouverneur déclare que ce sera l'arme qui mettra fin à la guerre. Comme nous allons bientôt le voir, cette guerre ne fait que commencer.

SCÈNE 11 : BATAILLE

Notre héros doit s'engager dans une bataille entre deux forces qui s'opposent. Armé d'une épée, d'un sabre, d'une baguette magique & de mots, iel doit défendre ce en quoi iel croit.

6 janv. : Les partisans de Trump envahissent le Capitole, ce qui entraîne le décès de cinq personnes. Quelque part, une poétesse écrit sous une lumière sans lune & pose subitement son stylo.

7-8 janv. : Facebook & Instagram suspendent les comptes de Trump (plus tard, en juin, il sera annoncé que cette exclusion durera deux ans, jusqu'en 2023). Twitter bannit définitivement Donald Trump pour violation de sa politique de glorification de la violence.

SCÈNE 12 : CLIMAX

Tout, semble-t-il, converge vers ceci - un calvaire, une ascension, suffisamment haut pour que nous puissions voir les malheurs aussi bien que les fadeurs du passé.

20 janv. : Ext. Capitole - Jour. Joe Biden est intronisé 46e président des États-Unis, et Kamala Harris devient la première vice-présidente, de même que la première Indo-Américaine & Afro-Américaine à occuper ledit poste. Amanda Gorman, une jeune fille noire et mince, descendante d'esclaves, devient la plus jeune poète de l'histoire américaine à s'exprimer lors de l'investiture d'un président. À midi pile, des nuages très gris ploient & cèdent pour la journée.

SCÈNE 13 : RÉSOLUTION

Le héros essuie son épée, compte les morts. Iel retourne chez lui, là où tout a commencé. La tête haute & en même temps courbée, iel n'oubliera jamais ce qui s'est passé ici.

20 janv. suite : La construction de l'oléoduc Keystone XL est stoppée après que le président Biden a révoqué le permis du projet, qui prévoyait d'acheminer 800 000 barils de pétrole de l'Alberta jusqu'à la côte du Golfe au Texas. Quelques heures après son investiture, le président Biden annonce dans une lettre au Secrétaire général des Nations unies Antonio Guterres que les États-Unis demeureront membres de l'OMS, annulant ainsi le retrait programmé par l'administration précédente.

19 févr. : Les États-Unis réintègrent l'accord de Paris sur le climat.

27 févr. : La FDA accorde une autorisation d'urgence pour l'utilisation du vaccin Johnson & Johnson (J&J) contre le COVID.

11 mars : Un an depuis que l'OMS a déclaré la pandémie de COVID-19.

12 mars : Les États-Unis administrent leur cent millionième dose de vaccin. Le nombre de cas chute.

13 avril : Le président Biden annonce qu'il va retirer d'Afghanistan toutes les troupes américaines d'ici le 11 septembre, le vingtième anniversaire du 11-Septembre, mettant ainsi fin à la plus longue guerre du pays. En août, les talibans reprendront le contrôle de Kaboul.

20 avril : L'assassin de George Floyd est déclaré coupable de deux chefs d'accusation pour meurtre & d'un chef d'accusation pour homicide involontaire. Dans tout le pays, nous pleurons.

Fin juillet, presque 4 milliards de doses de vaccins ont été administrées dans le monde. Nous décollons nos têtes de nos genoux, nous retirons nos mains de devant nos visages comme s'il s'agissait de masques. En dessous, nos sourires sont érodés comme des plastrons après la guerre.

Quelque part un lecteur lit ceci.
Le dénouement existe-t-il s'il est en cours, non écrit, non lu ?
La partie du récit où nous voyons notre héros tandis qu'iel
découvre le monde. Nous entendons « normal » au sens
de ce qui, d'après nous, est un début d'histoire.
Charismatique, clairvoyant, caché en nous.
Il y a toujours quelqu'un qui manque à la musique.

SCÈNE 14 : LE MONDE INHABITUEL

Le héros a changé. Son univers a changé. Quelque chose de neuf est perché au bord de la Terre comme un soleil.

Faire une allusion à la suite du film, *LE VARIANT DELTA*, qui sortira plus tard dans l'année, ainsi qu'au troisième opus de la série, *LAMBDA*.
Fondu au noir.
La voix du narrateur divague, absorbant le silence.
Reprendre le thème mélodique du héros entendu au début pour bien boucler la boucle.
À la fin de son voyage, le héros pourrait se tenir à l'endroit même où son histoire a commencé, mais iel a néanmoins irrévocablement changé, iel est devenu autre, iel a été déplacé.

Nous ne sommes pas tous des héros, mais du moins sommes-nous tous humains. Ceci n'est pas une fin, mais un commencement, un élargissement – pas un bâillement, mais un cri, un poème chanté. Ce que nous admettrons de & dans nous-mêmes. « Tout est fini », « tout est réglé », cela n'existe pas. Si tout cela nous rapproche d'une fin, ce sera d'être aujourd'hui plus proches. Ô combien le combat semble clair & nécessaire quand il est mis en récit. Quand nous projetons devant nous un arc bien ciselé. Nos contes sont la façon dont ce monde est transmis.

Naturellement, cette frise chronologique ne sera jamais achevée.
L'échantillon n'est jamais simple, il est toujours insuffisant pour invoquer l'insupportable.
Il n'y a pas qu'un moyen de compter qui & quoi ont compté le plus dans cette noirceur.

Ces choses ne sont qu'une partie de celles que nous surmontons.
Mais soyons davantage que la somme de ces parties.

CODA EN CODE

C’EST _O___ _UVERT _!

C’___ __R_E ___ER__!

L’AT_EN__ C’ES_ ____

_’___EN__ _’___ FIN_

MERCI D_ _E_TRE UN MASQUE

EN FIN_____

__ FINAL___

__ ___ALI_É

ON EST ____ REVENUS

__ ___ BIEN __VENUS

__N ___OU_ _ __ ______ SAUVAGE

_ON__ ___SONNE

__ C__É__ ___ QUE NOUS SOMMES
CENSÉS __ CONNAÎTRE

__ C__É__ ___ QUE NOUS SOMMES
CENSÉS __ ____AÎTRE[†††]

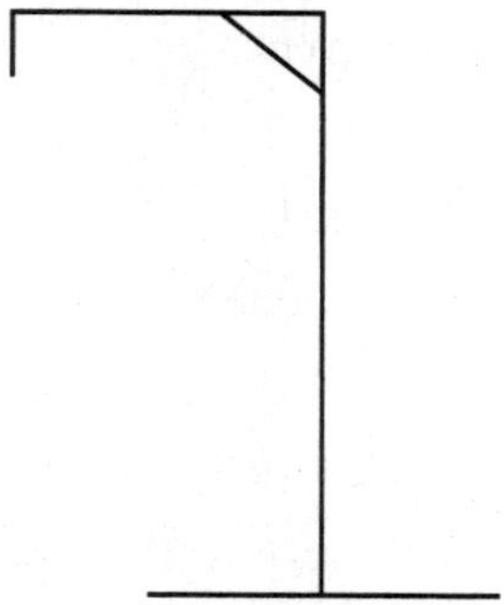

[†††] Clé : Les lettres de ce puzzle sont tirées de publicités d'entreprises que nous avons vues entre juin et juillet 2021. Les personnes atteintes de trouble du traitement auditif, comme l'autrice, ont souvent des difficultés à traiter & à se rappeler l'ordre des sons & des mots. Les publicités originales pour la troisième phrase avant la fin et les deux dernières phrases étaient respectivement :

Welcome back to the wild (publicité pour un zoo)

Watch movies like they were meant to be seen (publicité pour un cinéma)

N.d.T. : Pour les besoins de ce pendu, j'ai modifié (le moins possible) le sens des phrases retenues par l'autrice. Ainsi, j'ai traduit « *Welcome back to the wild* » par « Bon retour à la nature sauvage » et « *Watch movies like they were meant to be seen* » par « Le cinéma tel que nous sommes censés le connaître ». En revanche, le sens des messages résultant de cette manipulation dans le poème original a été respecté.

LE MONDE INHABITUEL

Le pire est derrière nous,
Selon la personne à qui vous posez la question.
Cette fois-ci, nous sommes seuls,
Non par obligation,
Mais parce que nous n'avons jamais désiré
Qu'une seconde à nous,
Pour être calmes & observer,
À l'écart mais pas distants,
Comme une lune en orbite
Autour du monde qu'elle préfère.

Maintenant que le meilleur vient de commencer,
Selon la personne à qui vous posez la question,
Nous ne serons plus un ver
Qui se recroqueville devant tout ce qui brille.
Notre avenir est une mer
Inondée de soleil,
Nos âmes, si solaires & volontaires.
Un fragment de cela brûle en chacun de nous.
Qui sommes-nous, sinon
Ce que nous faisons de l'obscurité.

ESSEX II

Tandis que le monde se déliait,
        Nous nous sommes ralliés.
Nous sommes les seuls à pouvoir nous sauver.
        Nos visages submergés par l'instant,
De nouveaux sens nous lapent
        Comme des marées lunaires.
Porteurs de tout ce que nous avons perdu,
        Nous sommes portés
Par ce que nous aimons.
        Pour loin qu'il soit,
Le soleil tardif semble
        S'éplucher dans notre paume.
C'est-à-dire que la distance
        Rend toute démesure
Portable. C'est le fait de la porter
        Qui rend la mémoire mutuelle,
La douleur à la fois intime & publique.
        Doucement, le chagrin devient un cadeau.
Quand nous l'accueillons, quand nous écoutons notre perte,
        Quand nous lui permettons vraiment de vivre,

Sa taille ne va pas diminuer,
    Mais son poids s'allégera.
Ce chagrin nous laisse respirer.
    Le désespoir le plus dense
Nous mène à une joie peu ordinaire.
    Parfois plonger
Au plus profond de nous-mêmes
    Est le seul moyen
De nous élever.

RÉSOLU

Cet élan de paix est
Si profond qu'il nous enracine sur place.
Il est vrai que la poésie
Peut éclairer une époque écorchée jusqu'à l'os,
Une année que nous avons difficilement avalée.
Il y a une justice dans la joie,
Scintillante telles les étoiles au ciel de tout ce que
Nous avons parachevé, supporté &
Pénétré.
Nous n'allons pas remuer des pierres.
Nous allons bâtir des montagnes.

ARBORESCENT III, ou ELPIS

Reformulons,
Et nous le dirons correctement cette fois-ci
(n'est-ce pas ce à quoi servent les fins ?) :
Nous n'espérons pas sans raison.
L'espoir est une raison en soi.
Nous ne nous soucions pas de ceux que nous aimons
En vertu d'une logique spécifique, singulière,
Mais, plutôt, de l'ensemble d'entre elles.
C'est-à-dire que
L'amour est justifié par le fait d'aimer.
Comme vous, nous sommes hantés & humains.
Vous, comme nous, êtes hantés & en convalescence.
Ce que nous sentons être vrai
Ne peut être compris que
Par ce que cela fait au corps.
De même que les arbres,
Nous, aussi, sommes façonnés
Par la façon dont nous nous tordons
Vers tout ce qui nous transperce
De balles de soleil.

Nous sommes véritablement en train de sortir
Par le haut de cette souffrance
Si nous voulions bien mettre au feu
Plutôt que mettre aux fers cet amour.
Notre unique mot pour cela est
Changement.

CLORE

Recommencer
Ce n'est pas repartir en arrière,
Mais décider d'avancer.
Notre histoire n'est pas un cercle gravé,
Mais une spirale déployée/façonnée/tournoyante,
Oscillant vers l'intérieur & l'extérieur *ad infinitum*,
Comme un poumon au bord des mots.
Respirez avec nous.
Nous débarquons à la fois à côté & au-delà
De la personne que nous étions, de celle que nous sommes.
C'est un retour & un départ.
Nous tournoyons toujours, plus haut & plus loin,
Comme une chose qui pousse
En tirant sa forme de la terre.
Dans un poème, il n'y a pas de fin,
Simplement un endroit où la page
Chatoie, vaste & latente,
Comme une main levée,
Parée & posée.

Voici notre lien, non limité par l'os.
Peut-être que l'amour est ce que l'on ressent
À respirer le même air.
Nous n'avons que du temps, que le maintenant.
Le temps nous emporte.
La façon dont nous sommes remués dit tout
Sur ce que nous sommes les uns pour les autres
& que sommes-nous les uns pour les autres
Sinon tout.

CE QUE NOUS PORTONS

Enfants, nous nous posions dans l'herbe,
Plongeant nos mains dans la terre.
Nous sentions cet univers
Humide & marron se tortiller, vivant, sur le qui-vive,
Terre lovée dans l'esquif de nos paumes.

Nos yeux s'écarquillaient, émerveillés.
Les enfants le comprennent :
Même la crasse est un cadeau,
Même la fange est fantastique,
Ce qui est fichu est quand même formidable.

Arche : un bateau comme celui qui a mis à l'abri du Déluge la famille de Noé & tous les animaux. Le mot vient du nom latin *arca*, qui signifie « coffre », dans la veine du verbe latin *arcere*, « fermer, défendre ou contenir ». *Arche* peut aussi désigner l'endroit où les rouleaux de la Torah sont traditionnellement conservés dans une synagogue.

C'est-à-dire que
Nous plaçons les mots dans une arche.
Où d'autre les placer.
Nous continuons de parler/écrire/espérer/vivre/aimer/
lutter.
C'est-à-dire que nous croyons par-delà le désastre.

Même les fins ont une fin
Aux confins de la terre.
Le temps s'arque en lui-même.
Ce n'est pas une répétition, mais l'instant du jugement.
Les jours ne peuvent avancer que deux par deux –
Passé & présent, appariés & parallèles.
C'est l'avenir que nous sauvons
De nous-mêmes, pour nous-mêmes.

Les mots sont importants, car
La langue est une arche.
Oui,
La langue est un art,
Un artéfact articulé.
La langue est le savoir-faire de la vie.
Oui,

La langue est un radeau de survie.

Nous nous sommes rappelé comment nous toucher les uns les autres
& comment faire confiance à tout ce qui est bon & juste.
Nous avons appris nos véritables noms -
Non pas ceux que l'on nous donne,
Mais ceux que nous sommes appelés
À porter à partir de maintenant.
Que portons-nous, si ce n'est
Ce & ceux que nous aimons le plus.

Que sommes-nous,
Sinon le prix de la lumière.
La perte est le coût de l'amour,
Une dette plus que digne de chaque pulsion & traction qu'elle exige.
Nous le savons parce que nous avons décidé de
Nous souvenir.

La vérité c'est,
Un globe, imparfait de merveilles.
Célébrons la préservation
D'une lumière si splendide.
La vérité c'est qu'il y a de la joie

Dans le renoncement à presque tout –
Nos rages sombres, nos décombres,
Notre hubris, notre haine,
Nos fantômes, notre cupidité,
Notre colère, nos guerres,
Sur la rive cinglante.
Ici, nous n'avons aucun havre
Pour eux. Réjouissez-vous, car
Ce qui reste
Derrière nous ne nous libérera pas,
Mais ce qui nous reste
Est tout ce dont nous avons besoin.
Nous sommes assez,
Armés uniquement
De nos mains,
Ouvertes mais encore pleines,
Comme une chose qui fleurit.
Nous allons vers demain,
En ne portant rien d'autre
Que le monde.

LA COLLINE QUE NOUS GRAVISSONS

Monsieur le Président et Docteur Biden,
Madame la Vice-Présidente et Monsieur Emhoff,
Américains et peuples du Monde :

Au lever du jour, nous nous demandons :
Où trouver la lumière
Dans cette obscurité sans fin ?
La perte que nous portons, une mer à franchir.

Nous avons bravé le ventre de la bête.
Nous avons appris que le calme n'est pas toujours la paix,
Que les normes et notions de tout ce qui « juste est »
Ne sont pas toujours justice.

Et, pourtant, l'aube est nôtre avant que nous le sachions.
Tant bien que mal, nous agissons.
Tant bien que mal, nous tenons bon en observant
Une nation non pas brisée, mais simplement inachevée.

Nous, les héritiers d'un pays et d'un temps
Où une fille noire et mince,

Descendante d'esclaves et élevée par une mère célibataire,
Peut rêver de devenir présidente,
Et se retrouver à déclamer ses vers devant l'un d'eux.

Certes, nous sommes loin d'être policés, loin d'être immaculés.
Mais nous ne cherchons pas à former une union parfaite.
Nous cherchons à forger une union opiniâtre,

Pour créer un pays attaché
À toutes les cultures, les couleurs, les caractères
Et les conditions de l'homme.
Et alors nous levons nos regards non pas
Vers ce qui se dresse entre nous,
Mais vers ce qui se dresse devant nous.
Nous refermons la faille,
Car nous savons que pour mettre
Notre avenir d'abord, nous devons d'abord
Mettre nos différences de côté.

Nous déposons les armes,
Et nous tendons les bras les uns vers les autres.
Nous ne voulons de larmes pour personne, et l'harmonie pour tous.

Que le monde entier, au moins, l'atteste :
Malgré notre chagrin, nous avons grandi,
Malgré notre souffrance, nous avons espéré,
Malgré notre épuisement, nous avons essayé.
Nous serons à jamais liés. Victorieux,
Non parce que nous ne connaîtrons plus jamais la défaite,
Mais parce que nous ne sèmerons plus jamais la discorde.

Les Écritures nous enjoignent d'imaginer ceci :
« Ils habiteront chacun sous sa vigne et son figuier,
Et il n'y aura personne pour les troubler. »
Si nous devons répondre aux enjeux de notre époque, la victoire
Ne se trouvera pas dans l'épée, mais dans les ponts que nous avons bâtis.
C'est *ça* l'embellie promise,
La colline que nous gravissons, pour peu que nous l'osions :
Parce qu'être Américain est davantage qu'une fierté dont nous héritons,
C'est le passé dans lequel nous pénétrons et comment nous le réparons.

Nous avons vu une force qui préférait fracasser plutôt que partager notre nation,
Détruire notre pays si cela permettait d'ajourner la démocratie.
Et cette tentative a été très près de réussir.

Mais si la démocratie peut parfois être différée,
Elle ne pourra jamais être durablement défaite.

À cette vérité, à cette foi, nous nous fions.
Car si nous posons les yeux sur l'avenir,
L'Histoire pose les yeux sur nous.

Nous sommes entrés dans l'ère d'une juste rédemption.
Nous l'avons crainte à son avènement.
Nous ne nous sentions pas prêts à être les héritiers
D'une heure aussi terrible.
Mais en elle nous avons trouvé la force
D'écrire un nouveau chapitre,
De nous offrir le rire et l'espoir.

Alors, si nous avons autrefois demandé : comment pourrions-nous l'emporter sur la catastrophe ?
Nous affirmons à présent : comment la catastrophe pourrait-elle l'emporter sur nous ?

Nous ne retournerons pas vers ce qui a été,
Mais nous avancerons vers ce qui sera :
Un pays éclopé mais entier,

Bienveillant mais vaillant,
Farouche et affranchi.

Nous ne serons ni dévoyés
Ni arrêtés par les menaces,
Car nous savons que notre inaction et notre inertie
Seront l'héritage de la génération suivante.
Nos fautes deviendront leurs fardeaux.
Mais une chose est sûre :
Si nous allions la compassion à la puissance, et la puissance au droit
Alors l'amour sera notre legs,
Et le changement, un droit de naissance pour nos enfants.

Laissons donc derrière nous un pays meilleur que celui qu'on nous a transmis.
En battant à chaque souffle le bronze sur nos bustes,
Nous ferons de ce monde meurtri un monde merveilleux.

Nous nous élèverons des collines teintées d'or de l'Ouest !
Nous nous élèverons du Nord-Est balayé de blizzard, où nos pères fondateurs ont fomenté la révolution !
Nous nous élèverons des villes bordées de lacs des États du Midwest !
Nous nous élèverons du Sud baigné de soleil !

Nous allons reconstruire, réconcilier et rétablir,
D'un bout à l'autre de notre nation,
Aux quatre coins de ce que nous appelons notre pays,
Notre peuple divers et consciencieux.
Nous émergerons, harassés mais radieux.

Au lever du jour, nous sortons de l'ombre,
Flamboyants et sans crainte.
La nouvelle aube s'épanouit quand nous la libérons,
Car il y a toujours de la lumière,
Pour peu que nous soyons assez braves pour la voir
Pour peu que nous soyons assez braves pour l'être.

NOTES

FUGUE

Le vers « a tenté de mettre un terme » s'inspire des paroles de la chanson « Work » de Rihanna en collaboration avec Drake, sortie en 2016 sur l'album *Anti* : « *If you come over / Sorry if I'm way less friendly* » (« Si tu passes ici / Désolée si je suis beaucoup moins sympa »).

« Les niveaux de confiance sociale » : David Brooks, « America Is Having a Moral Convulsion », *The Atlantic*, 5 octobre 2020, https://www.theatlantic.com/ideas/archive/2020/10/collapsing-level-trust-are-devastating-america/616581.

« Une étude de 2021 suggère » : Arnstein Aassve *et al.*, « Epidemics and Trust: The Case of the Spanish Flu », *Health Economics*, vol. 30, n° 4, 2021, p. 840-857, https://doi.org/10.1002/hec.4218.

MONTAGE

Les vers « Nous devons changer / Cette fin du tout au tout » s'inspirent de la dernière phrase du poème « Torse archaïque d'Apollon » de Rainer Maria Rilke : « Tu dois changer ta vie. »

QUELLE ÉPAVE QUE L'HOMME

« Quelle épave que l'homme » est une phrase qui s'inspire du monologue du prince Hamlet dans la pièce éponyme de Shakespeare, durant lequel il s'écrie : « Quel chef-d'œuvre que l'homme ! »

ESSEX I

Le vers « Nous devenons ce que nous chassons » s'inspire d'un passage de *La Véritable Histoire de Moby Dick : le naufrage de l'« Essex » qui inspira Melville*, de Nathaniel Philbrick (traduit de l'anglais par Gérald Messadié, Paris, Jean-Claude Lattès, 2000) : « Le réseau matriarcal et familial des cachalots femelles ressemble de façon frappante aux communautés que les baleiniers de Nantucket laissaient au foyer ; dans les deux sociétés, en effet, les mâles étaient itinérants. Dans leur détermination à tuer les cachalots, les gens de Nantucket avaient développé un système de relations sociales reflétant celui de leurs proies. »

UN AUTRE NAUTISME

« *Wine-dark* », littéralement « sombre comme le vin », est une épithète qu'Homère emploie souvent dans L'*Iliade* et dans L'*Odyssée* pour décrire la mer.

En français, il est souvent traduit par « violet » « lie-de-vin » ou « sombre comme le vin » ; ici, « *wine-dark woes* », littéralement « les infortunes lie-de-vin » a été traduit par « les sombres infortunes »[‡‡‡].

PHARE

Térence, un ancien esclave, devint un célèbre auteur dramatique vers 170 av. J.-C. Ce vers, « *Homo sum, humani nihil a me alienum puto* », l'un de ses plus connus, se traduit ainsi : « Je suis homme et rien de ce qui est humain ne m'est étranger. » Maya Angelou l'a cité durant un épisode d'*Oprah's Masterclass*.

Le vers « Aucun humain ne nous est étranger » renvoie aux sentiments de Térence.

HÉPHAÏSTOS

Le vers « Ceci n'est pas une allégorie » évoque un extrait de *La République* de Platon (traduit en français par Robert Baccou, Paris, Garnier-Flammarion, 1966) à propos de l'éviction d'Héphaïstos par Zeus de l'Olympe : « Mais qu'on raconte l'histoire d'Héra enchaînée par son fils, d'Héphaïstos précipité du ciel par son père [Zeus], pour avoir défendu sa mère que celui-ci frappait, et les combats de dieux qu'Homère imagina, voilà ce que nous n'admettrons pas dans la cité, que ces fictions soient allégoriques ou non. L'enfant, en effet, ne peut discerner ce qui est allégorie de ce qui ne l'est pas [...]. »

‡‡‡ *N.d.T.*

CORDAGE, ou EXPIATION

Pour des raisons de continuité dans la voix narrative, pour de nombreux documents originaux ou citations utilisés dans les poèmes de l'effacement, j'ai remplacé « et » par une esperluette et les pronoms employés par leurs équivalents à la première personne du pluriel « nous/notre/nôtre ». La ponctuation et l'utilisation des capitales ont également été modifiées à l'occasion lorsque c'était nécessaire.

Hensleigh Wedgwood, *A Dictionary of English Etymology*, vol. 1, Londres, Trübner & Co, 1859, p. 72.

LES YEUX DE LA TERRE

Le vers « voir nos parents rouges » s'inspire du poème de Federico García Lorca « Romance Sonámbulo », qui répète tout du long le vers « Verde que te quiero verde », ou « Vert c'est toi que j'aime vert » (traduit de l'espagnol par André Belamich, Paris, Gallimard, 1961).

PAN

La mention de « morts » en référence à ce qu'on stockait dans les pithos est inspirée par Giorgos Vavouranakis, « Funerary Pithoi in Bronze Age Crete: Their Introduction and Significance at the Threshold of Minoan Palatial Society », *American Journal of Archeology*, 118, n° 2, 2014, p. 197-222.

PRÉ-MÉMOIRE

« La postmémoire han est un paradoxe » : Seo-Young Chu, « Science Fiction and Postmemory Han in Contemporary Korean American Literature », *MELUS*, vol. 33, n° 4, 2008, p. 97-121.

ON APPELLE QUI

Ce titre, « Who We Gonna Call » en anglais, est une référence à la chanson de Ray Parker Jr « Ghostbusters » de la bande originale du film éponyme.

VALE DE L'OMBRE DE LA MORT ou *EXTRA ! EXTRA ! LISEZ TOUS LES DÉTAILS !*

Le vers « a slur is a sound that beasts us », (« une insulte est un son qui nous animalise ») est inspiré par des vers du poème en sept parties de Lucille Clifton, « far memory ». Dans la sixième partie, « karma », on peut lire : « the broken vows / hang against your breasts / each bead a word / that beats you. » (« Les vœux brisés / pendent sur ta poitrine / chaque perle un mot / qui te bat. »)

CONDOLÉANCES

Cecilia, âgée de seize ans, était un membre de la tribu Yakama, de Toppenish, dans l'État de Washington, qui mourut de la grippe à la Chemawa Indian School, un pensionnat géré par le gouvernement américain situé à Salem, dans l'Oregon. Ce poème « efface » une lettre de condoléances du superintendant de la Yakama Indian Agency adressée à la mère de Cecilia, Grace Nye. Cecilia est l'une des milliers de Natifs Américains qui périrent pendant l'épidémie de grippe. Ce fut un coup dévastateur pour les populations autochtones qui venaient de subir une annihilation presque totale causée par le génocide, la misère, la confiscation de leurs droits, la maladie et la déportation brutale.

L'infirmière en chef Daisy Codding enregistra cent cinquante cas de grippe et treize décès dans son école, des chiffres stupéfiants. Comme l'écrit le superintendant : « J'étais si effroyablement occupé qu'il m'était impossible de vous spécifier les détails du décès de Cecilia. » Cecilia est morte à plus de trois cents kilomètres de sa famille, ce qui n'était pas rare parmi les enfants des populations autochtones. Sous le credo « Tuez l'Indien en lui, et sauvez l'homme », le gouvernement américain a arraché des dizaines de milliers d'enfants amérindiens à leurs familles et les a placés de force dans des pensionnats gérés par les autorités fédérales pour procéder à leur assimilation. Comme le montre la mort de Cecilia, cette éducation génocidaire pouvait effectivement « tuer l'Indien ». La lettre du superintendant se termine ainsi : « Dans l'espoir que le corps de Cecilia vous soit parvenu en bon état, ma compassion vous est acquise. » La Chemawa Indian School reste aujourd'hui le plus ancien pensionnat pour étudiants amérindiens encore en activité dans le pays.

Dana Hedgpeth, « Native American Tribes Were Already Being Wiped Out - Then the 1918 Flu Hit », *Washington Post*, 27 septembre 2020. https://www.washingtonpost.com/history/2020/09/28/1918-flu-native-americans-coronavirus/

« Members of Oregon's Congressional Delegation Continue to Demand Answers Surrounding Chemawa Indian School », Congressional Documents and Publications, Federal Information & News Dispatch, LLC, 2018.

SELMA EPP

Catherine Arnold, *Pandemic 1918: Eyewitness Accounts from the Greatest Medical Holocaust in Modern History*, New York, St. Martin's Press, 2018, p. 124.

LA FAMILLE DONOHUE

Ibid., p. 126.

ARCHIVES DE LA FAMILLE DONOHUE

Ibid., p. 126-127.

PUTSCH À DC

Le titre « Putsch à DC » est une référence au putsch de la Brasserie, ou putsch de Munich, le coup d'État raté d'Adolf Hitler, le chef du parti nazi, les 8 et 9 novembre 1923. Après ce coup d'État, Hitler fut arrêté et accusé de trahison.

LES SOLDATS (OU PLUMMER)

Pendant la Première Guerre mondiale, l'armée américaine pratiquait encore la ségrégation raciale. La plupart des Afro-Américains en service étaient affectés à des postes de non-combattants et séparés des Blancs. Plus de cent médecins noirs ont servi dans le US Army Medical Corps (Service de santé des armées américaines) en tant qu'officiers, ainsi que douze dentistes noirs, six cent trente-neuf officiers d'infanterie noirs et quatre cent mille conscrits noirs. Quatorze femmes noires ont servi en tant que commis dans la marine. Des barrières administratives discriminatoires empêchaient les infirmières afro-américaines de se joindre à l'effort de guerre, mais la crise sanitaire engendrée par l'épidémie de 1918 permit enfin à dix-huit d'entre elles d'être les premières Noires à servir dans le corps des infirmiers de l'armée pendant l'épidémie et après-guerre.

« Roy Underwood Plummer » : « Cpl. Roy Underwood Plummer's World War I Diary », Musée national de l'histoire et de la culture afro-américaine, modifié pour la dernière fois le 17 juin 2021, https://transcription.si.edu/project/26177.

« a méticuleusement tenu un journal » : Douglas Remley, « In Their Own Words: Diaries and Letters by African American Soldiers », Musée national de l'histoire et de la culture afro-américaine, modifié pour la dernière fois le 18 mai 2020, https://nmaahc.si.edu/explore/stories/collection/in-their-own-words.

« La plupart des Afro-Américains en service » : « African Americans in the Military during World War I », Archives nationales, modifié pour la dernière fois le 28 août 2020, https://www.archives.gov/research/african-americans/wwi/warfile:///Users/santiagoartozqui/Desktop/0

« permit enfin à dix-huit d'entre elles » : Marian Moser Jones and Matilda Saines, « The Eighteenth of 1918-1919: Black Nurses and the Great Flu Pandemic in the United States », *American Journal of Public Health*, vol. 106, n° 6, juin 2019, p. 878.

LA GUERRE : QUOI, C'EST BIEN ?

Le titre « La Guerre : quoi, c'est bien ? », « War: What, Is It Good? » en anglais, est un clin d'œil à la chanson « War » de l'album *War & Peace* d'Edwin Starr sorti en 1970.

« En 1918, la grippe a tué » : Kenneth C. Davis, *More Deadly Than War: The Hidden History of the Spanish Flu and the First World War*, New York, Henry Holt and Co., 2018.

« Les Britanniques furent les pionniers en matière de coupure de câbles » : Gordon Corera, « How Britain Pioneered Cable-Cutting in World War

One », *BBC News*, 15 décembre 2017, https://www.bbc.com/news/world-europe-42367551.

« refusant souvent d'imprimer les lettres des médecins » : Becky Little, « As the 1918 Flu Emerged, Cover-up and Denial Helped It Spread », History, modifié pour la dernière fois le 26 mai 2020, http://history.com/news/1918-pandemic-spanish-flu-censorship.

« Les services postaux de l'armée britannique ont acheminé » : « Letters to Loved Ones », Imperial War Museums, modifié pour la dernière fois le 14 décembre 2020, https://www.iwm.org.uk/history/letters-to-loved-ones.

« General Order n° 48 » : « Soldiers' Mail », The National WWI Museum and Memorial, modifié pour la dernière fois le 8 juillet 2021, https://www.theworldwar.org/learn/wwi/post-office.

« rapporta que son bureau de poste » : « Archive Record », The National WWI Museum and Memorial, modifié pour la dernière fois le 1er septembre 2021, https://theworldwar.pastperfectonline.com/archive/A346097B-03F6-49BE-A749-422059799862.

« en 2020, les cartes de condoléances sont en rupture de stock » : Michael Corkery et Sapna Maheshwari, « Sympathy Cards Are Selling Out », *New York Times*, 28 avril 2020, https://www.nytimes.com/2020/04/27/business/coronavirus-sympathy-cards.html.

« Une majorité d'utilisateurs des services postaux américains » : « USPS Market Research and Insights: COVID Mail Attitudes - Understanding & Impact (April 2020) », United States Postal Service, modifié pour la dernière fois le 1er mai 2020, https://postalpro.usps.com/market-research/covid-mail-attitudes.

Le vers « Quelle place avons-nous dans nos histoires hormis le présent » est inspiré par le poème de D.H. Lawrence, « Sous le chêne », et plus particulièrement par son dernier vers : « Quelle place as-tu dans mes histoires ? »

FELLOWSHIP

« Letters from Ida B. Wells-Barnett to President Woodrow Wilson », DocsTeach, modifié pour la dernière fois le 19 septembre 2021, https://www.docsteach.org/documents/document/ida-b-wells-wilson.

TUILES DE TEXTES : LES NOMS

« Les Noms » : Joe Brown, *A Promise to Remember: The Names Project Book of Letters, Remembrances of Love from the Contributors to the Quilt*, New York, Avon Books, 1992.

« de 27,2 à 47,8 millions de personnes » : « Fiche d'information - Dernières statistiques sur l'état de l'épidémie de sida », ONUSIDA, modifié pour la dernière fois le 1er juillet 2020, https://www.unaids.org/en/resources/fact-sheet.

National AIDS Memorial, modifié pour la dernière fois le 14 décembre 2020, https://www.aidsmemorial.org/.

RAPPORT SUR LA MIGRATION DES LIÈVRES

« L'été rouge » : juillet peut être chaud comme la haine. Mais nous savons cela mieux que quiconque. « L'été rouge » de 1919 et les années l'ayant immédiatement précédé et suivi furent indiscutablement la pire période de violence des Blancs contre les Noirs qu'on ait jamais connue aux États-Unis. De 1917 à 1923, au moins un millier d'Américains furent tués dans des affrontements raciaux à travers tout le pays. Le bain de sang eut lieu quand les tensions raciales, déjà exacerbées, se cristallisèrent. Pendant ce qu'il est convenu d'appeler la Grande Migration, les Afro-Américains quittèrent le Sud rural à la recherche de nouvelles opportunités dans les villes du Nord. À la fin de la Première Guerre mondiale, les Blancs démobilisés qui rentraient chez eux virent dans les travailleurs noirs des concurrents sur le marché de l'emploi. Au même moment, les Noirs qui avaient accompli leur devoir dans le combat pour la démocratie de l'autre côté de l'océan constatèrent à leur retour qu'on leur déniait leurs droits civiques les plus basiques. En outre, le pays, surtout dans ses zones les plus densément peuplées, était encore chancelant à la suite de la troisième vague de la grippe mortelle de 1918, et les Blancs reprochaient souvent aux Afro-Américains d'avoir propagé la maladie.

Avec tous ces facteurs de stress, le Ku Klux Klan connut un fort regain, et il y eut au moins soixante-quatre lynchages d'Afro-Américains en 1918. Au cours de l'été sanglant de 1919, au moins vingt-cinq émeutes raciales éclatèrent partout dans le pays. Des centaines d'Afro-Américains, hommes, femmes et enfants, furent brûlés vifs, lynchés, traînés dans les rues, tués par balles, lapidés, pendus ou battus à mort par des bandes de Blancs. Des milliers de foyers et d'entreprises furent incendiés, laissant des familles noires sans toit et sans emploi. Tandis que les agresseurs blancs demeuraient impunis, les Noirs Américains (dont beaucoup d'innocents) étaient jugés et condamnés par des jurys entièrement blancs.

La capitale du pays ne se vit pas épargner l'infamie de la terreur raciale. Il y eut au moins trente-neuf morts et cent cinquante blessés au cours des quatre jours d'émeutes de la fin juillet. Finalement, deux mille hommes des troupes fédérales furent déployés (ironiquement, de nombreux agresseurs blancs étaient des membres blancs de l'armée qui venaient de regagner la capitale après la Première Guerre mondiale).

La saison de conflits de 1919 fut surnommée « l'été rouge » par le premier secrétaire exécutif noir du NAACP, James Weldon Johnson (auteur de « Lift Every Voice and Sing », également connu comme « l'hymne national noir »). Johnson écrivit sur ce qu'il avait vu à Washington dans le magazine du NAACP, *The Crisis*. « If We Must Die », un sonnet de Claude McKay, devint l'hymne de l'été rouge. Malgré les centaines de morts qu'il entraîna, il n'y a toujours pas de commémoration nationale à la mémoire de l'été rouge (pas plus que pour la grippe de 1918). Voir les sources ci-dessous. Pour un recueil de poésie sur les émeutes de Chicago en 1919, voir : Eve L. Ewing, *1919*, Chicago, Haymarket Books, 2019.

« de 1917 à 1923 » : William M. Tuttle, *Race Riot: Chicago in the Red Summer of 1919*, Urbana, University of Illinois Press, 1996.

« soixante-quatre lynchages » : « The Red Summer of 1919 », History, modifié pour la dernière fois le 6 août 2020, https://history.com/topics/black-history/chicago-race-riot-of-1919.

___[CRIM]____

Les vers « Ha, nous sommes si affligés, / Que nous avons probablement pensé / Que ce poème parlait de nous » ont été inspirés par la chanson « You're So Vain » de Carly Simon.

Les vers « Quiconque a vécu / Est un historien & un artéfact » ont été inspirés par *Nox*, le recueil de poèmes d'Anne Carson, et plus particulièrement le vers

« One who asks about things... is an historian » (« Celui qui pose des questions sur les choses... est un historien »).

Courtney Coughenour *et al.*, « Estimated Car Cost as a Predictor of Driver Yielding Behaviors for Pedestrians », *Journal of Transport & Health*, vol. 16, février 2020, article 100831,https://doi.org/10.1016/j.jth.2020.100831.

Natassia Mattoon *et al.*, « Sidewalk Chicken: Social Status and Pedestrian Behavior », California State University, Long Beach, modifié pour la dernière fois le 22 juillet 2021, https://homeweb.csulb.edu/~nmattoon/sidewalkposter.pdf.

Nicholas H. Wolfinger, « Passing Moments: Some Social Dynamics of Pedestrian Interactions », *Journal of Contemporary Ethnography*, vol. 24, n° 3, octobre 1995, p. 323-340, https://doi.org/10.1177/089124195024003004.

LA FUREUR & LA FOI

Je suis reconnaissante à Kira Kleaveland et à toute l'équipe de *CBS This Morning* d'avoir donné un foyer aux poèmes « La fureur & la foi » et « Le miracle du matin », entre autres.

LA VÉRITÉ DANS UNE NATION

Le titre et le refrain « La vérité dans une nation » sont inspirés par la citation « La vérité est une nation unie, sous drogues, sous drones », tirée du livre d'Ocean Vuong *Un bref instant de splendeur* (traduit de l'anglais par Marguerite Capelle, Paris, Gallimard, 2021).

« Notre guerre a changé » : Yasmeen Abutaleb *et al.*, « "The War Has Changed": Internal CDC Document Urges New Messaging, Warns Delta Infections Likely More Severe », *Washington Post*, 29 juillet 2021, https://www.washingtonpost.com/health/2021/07/29/cdc-mask-guidance.

Le vers « Le silence moins que le reste » est inspiré du livre *Your Silence Will Not Protect You* d'Audre Lorde.

LIBATIONS

La forme du poème « Libations » est inspirée de celle du poème de Layli Long Soldier « Obligations 2 ».

MONOMYTHE

Sources de la chronologie :

Ben Casselman et Patricia Cohen, « A Widening Toll on Jobs: "This Thing Is Going to Come for Us All" », *New York Times*, 2 avril 2021, https://www.nytimes.com/2020/04/02/business/economy/coronavirus-unemployment-claims.html.

Clint Smith, *How the Word Is Passed: A Reckoning with the History of Slavery Across America*, New York, Little, Brown and Company, 2021.

Derrick Bryson Taylor, « A Timeline of the Coronavirus Pandemic », *New York Times*, 17 mars 2021, https://www.nytimes.com/article/coronavirus-timeline.html.

Drew Kann, « Extreme Drought and Deforestation Are Priming the Amazon Rainforest for a Terrible Fire Season », CNN, 22 juin 2021, https://edition.cnn.com/2021/06/22/weather/brazil-drought-amazon-rainforest-fires/index.html.

Eddie Burkhalter *et al.*, « Incarcerated and Infected: How the Virus Tore Through the U.S. Prison System », *New York Times*, 10 avril 2021, https://www.nytimes.com/interactive/2021/04/10/us/covid-prison-outbreak.html.

Josh Holder, « Tracking Coronavirus Vaccinations Around the World », *New York Times*, 19 septembre 2021, https://www.nytimes.com/interactive/2021/world/covid-vaccinations-tracker.html.

Kathy Katella, « Our Pandemic Year - A COVID-19 Timeline », Yale Medicine, modifié pour la dernière fois le 9 mars 2021, https://www.yalemedicine.org/news/covid-timeline.

« Chronologie de l'action de l'OMS face à la COVID-19 », Organisation mondiale de la santé, modifié pour la dernière fois le 29 janvier 2021, https://www.who.int/news/item/29-06-2020-covidtimeline.

Thomas Fuller, John Eligon et Jenny Gross, « Cruise Ship, Floating Symbol of America's Fear of Coronavirus, Docks in Oakland », *New York Times*, 9 mars 2020, https://www.nytimes.com/2020/03/09/us/coronavirus-cruise-ship-oakland-grand-princess.html.

« A Timeline of COVID-19 Vaccine Developments in 2021 », AJMC, modifié pour la dernière fois le 3 juin 2021, https://www.ajmc.com/view/a-timeline-of-covid-19-vaccine-developments-in-2021.

The Visual and Data Journalism Team, « California and Oregon 2020 Wildfires in Maps, Graphics and Images », *BBC News*, 18 septembre 2020, https://www.bbc.com/news/world-us-canada-54180049.

LA COLLINE QUE NOUS GRAVISSONS

Le vers « L'Histoire pose les yeux sur nous » est une référence à « History Has Its Eyes on You » de la comédie musicale *Hamilton*.

AUTORISATIONS

Pour l'édition française, est citée la traduction suivante :

P. 43 : Ocean Vuong, *Un bref instant de splendeur*, traduit de l'anglais par Marguerite Capelle, Gallimard, 2021.

GRATITUDE

Merci à vous d'accepter de porter ces mots avec vous.

Cela n'a pas été facile à écrire, et je suis sûre que cela n'a pas été facile à lire. Vous êtes arrivé jusqu'ici, et pour cela, je vous salue.

Au cours de l'écriture de ce livre, j'ai souvent eu la sensation d'être perdue en mer. Tous mes remerciements, sans ordre particulier, à tous ceux qui m'ont maintenue à flot jusqu'à ce que j'atteigne la rive.

Ce livre a été écrit à Los Angeles, terre des Tongvas. Je tiens à remercier les gardiens originaux de ce magnifique endroit que j'appelle mon chez-moi.

J'éprouve une reconnaissance exceptionnelle pour mon agent Steve Malk, infatigable et plein d'abnégation, que je ne considère pas simplement comme un ami proche, mais comme un membre de ma famille. Merci d'avoir constamment cru en moi et au sens de ce recueil, même quand j'étais épuisée et en proie au doute.

Tous mes remerciements à mon éditeur, Tamar Brazis, qui s'est montré si gentil et généreux en m'aidant à donner vie à ma vision de ce livre dans sa totalité. J'aimerais adresser une grande salve d'applaudissements à toute l'équipe de Penguin Random House, dont, entre autres, Markus Dohle, Madeline McIntosh, Jen Loja, Ken Wright, Felicia Frazier, Shanta Newlin, Emily Romero, Carmela Iaria, Krista Ahlberg, Marinda Valenti, Sola

Akinlana, Abigail Powers, Meriam Metoui, Jim Hoover, Opal Roengchai, Grace Han et Deborah Kaplan.

À tous mes professeurs d'anglais au cours de ma scolarité, qui m'ont aidée à affirmer et à affiner mon amour de la littérature - Shelly Fredman (qui la première m'a permis de me rendre compte que je voulais devenir écrivaine), Alexandra Padilla et Sara Hammerman (qui m'ont guidée avec magnanimité le long de ce tortueux sentier qu'on appelle le lycée), Laura van den Berg (qui m'a appris à écrire à mes fantômes et non à les fuir), Christopher Spaide (qui m'a enseigné la poésie contemporaine avec un œil à la fois aiguisé et bienveillant), ainsi que Leah Whittington et Daniel Blank (qui m'ont aidée à tomber amoureuse des classiques et de Shakespeare). J'ai également une dette envers d'autres professeurs - Eric Cleveland, Pop, pour avoir encouragé ma fascination pour la biologie, et pour vos textos hebdomadaires et paternels qui s'assuraient que j'étais encore en vie et que je pensais à me nourrir alors que j'étais plongée jusqu'au cou dans l'écriture de ce livre ; Bart Barnokowski, qui m'a initiée avec rigueur à la sociologie culturelle sur laquelle je m'appuie dans mon travail ; Álvaro Lopez Fernandez, Marta Olivas, l'équipe de *Temblor*, IES Madrid et ma famille d'accueil espagnole (¡hola, Pilar y Marucha!), qui se sont occupés avec tant d'amour de mon apprentissage de l'espagnol. Je vous promets que je m'en souviens encore, hmm... en partie.

À mon groupe d'écriture hebdomadaire, Taylor et Najya

– où en serais-je sans nos réunions FaceTime du samedi matin ? (La réponse est : « Je n'aurais pas encore fini ce livre. ») Merci d'avoir été mes pom-pom girls de la plume. À ma cousine Maya, pour les vidéos marrantes qu'elle m'envoyait quand j'en avais besoin et pour m'avoir toujours fait rire.

À Tara Kole et à Danny Passman, mes parents en matières légales, qui, la plupart du temps, sont les deux seuls neurones qu'il me reste. Merci d'avoir cru avec autant de ferveur à mon périple depuis le jour où nous nous sommes rencontrés. Vous m'êtes tous deux extrêmement chers.

À Caroline Sun, mon attachée de presse, et à Laura Hatanaka, mon assistante, vous êtes les mères poules indomptables faisant toujours passer en premier mon temps, ma santé mentale et ma créativité (même si j'emploie la plus grande partie de ce temps à vous envoyer innocemment des GIF de *Star Trek* – hi hi), ainsi qu'à Courtney Longshore pour son soutien sans faille en coulisse.

Une grande accolade à Sylvie Rabineau, Michelle Bohan, Romola Ratnam, Pierre Elliott, Brandon Shaw (alias BS) et Carmine Spena pour leur soutien incroyable. Une ovation digne d'une reine à Vanessa Anderson et à Erin Patterson, mes fantastiques gladiateurs de la presse, ainsi qu'à l'AM PR Group dans son ensemble.

J'ai également une dette envers mes mentors d'écriture au lycée, Michelle Chahine et Dinah Berland, de l'association à but non lucratif WriteGirl, qui ont passé des mercredis après-midi entiers à écrire avec moi dans des salons de thé bruyants tandis que je mangeais du cake au café en mettant des miettes partout, et India Radfar, qui m'a guidée à Beyond Baroque. Merci à Jamie Frost, mon ancienne orthophoniste, ainsi que mon mentor et double spirituel. Bénie soit-elle.

Une immense ovation à Urban Word, un programme qui soutient les jeunes poètes lauréats dans plus de soixante villes, régions et États dans tout le pays, et qui m'a fait l'honneur incroyable de me nommer jeune poète lauréate plusieurs fois dans ma vie. Merci à Vital Voices, qui a financé mon projet d'alphabétisation communautaire One Pen One Page, ainsi qu'à Nicco Melle et à Mass Poetry pour leur soutien sans faille, à Jen Benka et à l'Academy of American Poets.

J'éprouve une profonde gratitude envers mes camarades poètes pour leur soutien : Tracy K. Smith, qui depuis le jour où nous nous sommes retrouvées sur scène à la bibliothèque du Congrès a été pour moi une bonne fée et une marraine en poésie ; Richard Blanco, qui n'est jamais qu'à un coup de fil de distance et toujours disposé à parler avec moi en espagnol afin que je puisse le pratiquer ; Elizabeth Alexander, qui m'a appelée immédiatement quand j'ai été nommée poète pour l'investiture de 2020 et qui m'a offert de la nourriture spirituelle. Je suis également reconnaissante de la magie poétique de Jacqueline Woodson, d'Eve Ewing, de Clint Smith, de Luis Rodriguez et de Juan Felipe Herrera, dont le travail m'inspire constamment.

À Lin-Manuel Miranda, qui, il y a quelques années, me

laissa, bouche bée, lui glisser un poème dans la main. À Malala, ton amitié signifie tellement de choses pour moi. À Oprah, votre rôle de mentor, vos conseils et votre luminosité sont un grand privilège.

Docteur Merije, je sais que vous avez dû venir me voir bien trop souvent parce que je m'étais rendue malade à force de travailler sur ce livre. Mais vous aviez toujours une blague en réserve, alors les reniflements valaient le coup.

Nous sommes presque au bout, les amis ! À mon gang de filles, Alex, Haley et Bib, merci d'avoir supporté mes jérémiades à propos de ce livre dans notre groupe de discussion.

Par-dessus tout, j'ai une dette profonde envers ma famille : ma farouche, fabuleuse et formidable mère, qui a fait de moi tout ce que je suis aujourd'hui ; ma talentueuse sœur jumelle et complice à la vie à la mort depuis le temps des couches-culottes, Gabrielle (GG) ; mes grand-mères, qui ont toujours veillé à ce que je mange bien, dorme et prenne mes vitamines ; et Lulu, le petit caniche duveteux qui s'installe à côté de moi chaque fois que je me bats pour terminer un poème. Je vous aime de tout mon cœur.

Merci à toi, Dieu. Merci à vous, mes ancêtres.

Je suis la fille d'écrivains noirs, je descends de combattants de la liberté qui ont brisé leurs chaînes et changé le monde. Ils m'appellent. Je les porte toujours en moi.

Avec amour,

Amanda

TABLE

PAPIER CERTIFIÉ

Le Livre de Poche s'engage pour l'environnement en réduisant l'empreinte carbone de ses livres.
Celle de cet exemplaire est de :
250 g éq. CO_2
Rendez-vous sur
www.livredepoche-durable.fr

Composition réalisée par PCA

Achevé d'imprimer en octobre 2023 en Italie par
GRAFICA VENETA
Dépôt légal 1re publication : novembre 2023
LIBRAIRIE GÉNÉRALE FRANÇAISE
21, rue du Montparnasse – 75298 Paris Cedex 06

39/7251/9